COLLECTION FOLIO

Marie Susini

Je m'appelle Anna Livia

Grasset

Née en Corse, Marie Susini a fait à Paris de solides études universitaires : licences de philosophie et de lettres classiques, diplôme d'études supérieures sur Bergson et sur la philosophie indienne. Elle a également suivi les cours de l'École du Louvre, de l'École pratique des Hautes Études et du Collège de France et se montre une fervente d'art contemporain.

Marie Susini est membre du jury du prix Femina depuis 1971 et membre de l'Académie européenne des Sciences humaines (1980).

Le noyau mystérieux, le cœur des expériences, des actes obscurs, des douleurs obscures, n'est-ce point lorsque tu as commis ce que tu n'aurais pas dû, mais devais commettre, lorsque tu as éprouvé ce que toujours tu pressentais sans jamais le croire, lorsque tout est en ruine autour de toi et que nulle part le terrible ne pouvait être laissé inaccompli.

Hugo von Hofmannsthal.

Ainsi c'était déjà là. C'était là avant que de se faire. Comme dérivant à la surface d'un rêve obscur. Avant même qu'elle ait pu penser Un jour peut-être.

C'était dans la nostalgie et la monotonie de la voix qui parlait de ce pays jamais nommé, proche ou lointain elle ne savait, où seul comptait le mouvement lent du ciel sur la terre. Non pas la joie de vivre mais le ravissement de mourir. Les aiguilles de la pendule, entre les deux fenêtres à meneaux, immobilisées par lui une fois pour toutes, depuis longtemps. Sur midi, minuit, elle n'avait jamais su, elle ne le saurait désormais jamais plus.

C'était inscrit dans le miroitement de la lumière sur les coteaux du Verdigliano qui, plus que ce qu'il disait, parlait de la fugacité de l'instant, de la fragilité de toute chose.

Personne dans les champs. Du haut de la

colline, du plus loin qu'on pouvait voir. Pas une maison. Rien. Une branche de magnolia remuait doucement contre la vitre un peu verdie. Cette douceur s'insinuait partout, elle montait de la terre, sans raison, et sans raison elle retombait, avec le hurlement d'un chien venu du fond de la vallée, avec le son grêle d'une cloche lointaine apporté par le vent très léger. Soudain le printemps était là, venu sans bruit, comme ça, en une nuit. Il avait fait fleurir les champs autour de la maison. Sur toutes les choses, il avait fait planer dans sa douceur même une menace encore imprécise.

Il disait aussi :

— Tu ne vois rien là-bas, de quelque côté que tu regardes. Rien que le jour, tout jaune au-dessus du sable.

C'est alors qu'elle avait cherché machinalement à s'agripper aux bras du fauteuil, et elle s'était immobilisée de nouveau. Presque raide dans le fauteuil au dossier très haut où elle paraissait encore plus frêle, elle le fixait avec une attention minutieuse et patiente, et pourtant comme d'habitude sans manifester le plus léger étonnement.

Le soleil encore haut. Il éclairait presque toute la salle et en plein son visage nu, qui semblait avoir été desséché par le grand vent de la haute mer, les rides en lignes profondes et serrées se coupant à angles vifs, chaque fois qu'elle le regardait, ce visage lui communiquait son tourment.

Depuis longtemps déjà cette voix calme, elle l'écoute avec un calme indifférent. Elle le comprend mais pas tout à fait sans doute. Ce n'est encore pour elle qu'une histoire qu'elle ne croirait pas si elle était raisonnable, mais qui pourtant la retient. Une histoire, non même pas. Plutôt des images qui se font et se défont, qui s'effacent et puis reviennent, pour capter l'instant dans sa mouvance ou exprimer le tranquille désespoir d'une vie perdue.

Ce n'était peut-être pas dans les mots, pas dans ce qu'ils veulent dire, c'était dans la voix seulement. C'était la modulation de cette voix qui, faisant écho à ce qu'il y avait de plus obscur en elle, rencontrait là un élan, l'impulsion première, un désir fugitif mais passionné, et semblait déjà clore le cercle de ce qui n'était pas encore.

Il parlait aussi d'apaisement, de celui que peut donner le geste, le mouvement le plus simple dans le temps même qu'il s'accomplit.

Elle a renversé la tête un peu en arrière comme pour prendre du recul et mieux voir.

Ce n'est plus lui qu'elle regarde, c'est, dans l'encadrement de la porte ouverte, la rangée de cyprès raides et inaccessibles sur un ciel presque blanc. Tout au sommet de la montagne abrupte, à égale distance l'un de l'autre, ils barrent l'horizon. Procession de moines ou de fantômes, en marche vers qui, vers quoi, elle l'ignore. Peut-être qu'ils ne font qu'imiter simplement les cyprès de la tapisseric derrière elle, au mur du fond de la salle. Copie si fidèle que c'est comme un jeu de miroirs. N'était la bordure de caractères gothiques au petit point. Mais ceux de l'horizon ne peuvent supporter la copie, tant ils éclaboussent la lumière et élargissent le ciel.

— Tu m'entends, Anna Livia, tu m'écoutes ?

— Oui, Père.

Autant qu'elle se souvienne, ils sont là depuis toujours. Quatorze. Jamais personne n'a pu dire si ce nombre a un secret ou même un sens, jamais personne n'a connu Castelvecchio sans la longue rangée de cyprès en bordure de ciel.

Quelque part au loin, un âne a commencé à lancer sa plainte que nulle réponse ne viendrait apaiser, qui s'élève et retombe en hoquets pitoyables déchirant la campagne endormie.

La plaine nue et plate, du limon, une immense mer de limon et, au-delà très loin, un arbre. Du moins c'est ce qu'on pourrait croire, Anna Livia sait qu'il n'en est rien, la terre, saturée d'eau, va comme s'évaporant tout entière sous la réverbération du soleil qui décline, s'élargissant à l'infini, béante, on n'arrive pas à deviner la ligne mobile de l'horizon qui se dissout en vapeurs transparentes couleur de cendre pâle.

Elle allait. Ou plutôt ils allaient le long de ces routes blanches, uniformément plates où ne passe jamais personne sous l'immensité d'un ciel sans profondeur dans un temps qui paraissait unique.

L'homme marchait pieds nus avançant comme d'une seule foulée. Le vêtement qu'il portait avait dû être blanc une fois et laissait à découvert ses longs bras maigres. Elle, dans une robe dont la couleur n'était plus ni rose ni mauve mais tirant sur les deux à la fois, de cette teinte indéfinissable, inimitable que prend une robe qu'on ne quitte ni nuit ni jour, à la merci de la sueur, du soleil et de la poussière de la route, elle allait, ses longs cheveux noirs défaits, rejetés derrière la nuque, les pieds dans des sandales de corde, la sébile de fer pendue à la taille par une ficelle. Elle continuait d'avancer derrière l'homme, épuisée, comme repêchée de quelque naufrage.

— Mais alors pourquoi quatorze ?

— Ça, je n'en sais rien, moi.

Madalena restait chaque fois un peu stupide, les yeux toujours ailleurs avant de rassembler ses esprits.

— Et pourquoi non ?

Et ainsi tous les jours, ces années-là, Francesco et moi tournant sur nous-mêmes sans jamais finir de questionner, Madalena, elle, sans jamais finir de nous répondre en maugréant.

— C'est dans la nature des choses.

Les uns et les autres jamais las de ressasser exactement les mêmes mots.

— Et pourquoi les mouches ont huit pattes, tu me dis ?

Elle mettait les mains en visière sur son front plissé comme pour mieux voir quelque chose qui pourrait arriver, ou peut-être quelqu'un, mais il n'arrivait personne et jamais rien non plus.

— C'est la volonté de Dieu.

Et toujours je m'obstinais :

— Je me demande ce qu'ils peuvent faire là-haut tout seuls.

— Eh bien moi, mes enfants, si vous voulez que je vous dise, je n'ai pas d'inquiétude pour eux.

Mais Francesco alors :

— Tu crois que quelqu'un les arrose, Mamma ?

— Les arroser, Seigneur !

Elle riait, Madalena, elle découvrait ses dents larges qui étaient restées éclatantes.

— Mais est-ce que quelqu'un pourrait être assez fou pour simplement penser à monter là-haut... Et faire ça, arroser des cyprès !

— J'ai bien vu la nuit, Mamma, ils touchent la lune parfois.

Madalena se tournait et regardait derrière elle les cyprès. On n'en voyait que les cimes. Puis elle ramenait sur nous deux ses yeux noirs et s'indignait :

— Vous êtes devenus trop grands à présent pour vous amuser encore à ce jeu-là.

— C'est que nous deux, on voudrait savoir, Madalena.

— Oui, pourquoi ils sont là, Mamma.

Son regard fixé droit devant elle, Madalena levait les bras.

— Si tu te figures que je sais, moi...

Elle disait qu'elle était trop ignorante. Elle disait Que pouvait-elle bien savoir du ciel et de la terre, je vous demande un peu, et avait-elle seulement le temps de regarder !

— Et puis laissez-moi travailler !...

Mais au lieu de s'en aller elle restait là quand même avec Francesco et moi.

— Et toi, Anna Livia, si vraiment tu l'aimais un peu, tu ne lui ferais pas monter le raidillon chaque jour que Dieu fait sur la terre.

— Mais, Mamma, on ne monte jamais.

— On marche toujours sur du plat, vous savez.

C'était chaque fois le même chemin qu'on prenait. On longeait l'allée qui menait aux communs et là, on pouvait les perdre de vue, cachés avec la montagne par les eucalyptus, on suivait le sentier bordé d'acacias où on s'amusait à les faire apparaître et disparaître encore. Enfin on arrivait à l'espace découvert plein de fougères toutes tassées à la longue sous nos pieds. Là, d'un bond, ils surgissaient devant nous, tous à la fois. Cet endroit, on avait mis longtemps à le trouver. Nulle part ailleurs, on n'aurait pu les voir aussi bien. Et pendant des heures rien d'autre n'existait plus. Sûrement ils étaient là pour nous deux seulement. Et nous, on était là pour les compter.

— Douze, Madalena.

— Et voilà que ça recommence !

— Douze, répétait Francesco en écho.

— C'est-y Dieu possible que ça vous reprenne tous les jours !... Vous n'avez donc rien d'autre à dire, rien d'autre à faire !... Mais alors c'est une vraie pitié !...

Elle parlait toujours de cette même façon, un peu par saccades.

— Mais pourquoi ça n'est jamais tout à fait pareil ?

— Parfois c'est plus, Mamma, parfois c'est moins...

Madalena nous regardait de bas en haut puis elle fermait ses paupières bistre, toujours légèrement bleuies.

— Eh bien, c'est que vous ne savez même pas compter alors !

— Non, c'est pas ça.

— Et toi, Francesco, tu sais bien pourtant que c'est mauvais pour ton cœur de t'agiter comme ça.

— Mais on n'a pas couru, Madalena.

— N'empêche... De toujours se préoccuper de la même chose, ça fatigue aussi, si tu vois ce que je veux dire...

Madalena soupirait.

— Mais qu'est-ce que vous attendez donc ?... Qu'est-ce que vous espérez à la fin ! Simplement vous allez vous rendre malades.

Elle n'avait peur de rien, Madalena, mais on voyait bien qu'elle avait peur de la maladie. Elle en parlait trop souvent de cette espèce de mouche désœuvrée, affolée qui cherche toujours ici et là. Elle répétait Seigneur, si elle vous attrape un jour qu'est-ce qu'on deviendrait ici, nous autres, si loin de tout ! Avec le temps que mettrait la vieille calèche à aller chercher un remède, il n'y a pas de doute, on serait déjà morts.

Et là, toujours les sillons qu'elle avait de chaque côté de son nez se creusaient davantage.

Mais si on réfléchissait, nous disait-elle, — et Madalena réfléchissait devant nous en hochant la tête — il y a pire que la maladie, c'est de mourir comme un chien, sans le secours d'un prêtre. Lui seul peut vous aider à passer de l'autre côté, il vous ouvre le chemin, en somme il vous *présente*.

Elle faisait alors le signe de la croix pour conjurer le sort. Tous les deux, on faisait tout comme elle.

Et voilà qu'un jour elle se rappela qu'on était au dimanche.

— C'est que, ici, on ne vit pas pour ainsi dire comme des chrétiens. Tous les jours sont pareils. Ce qu'on porte sur soi aussi. Toujours seuls ici, tellement seuls à ne rien connaître, à ne rien savoir du monde... Ailleurs les gens vont à l'église...

Elle s'arrêta. Elle regardait devant elle rêveuse, elle les imaginait, elle les voyait peut-être s'acheminer vers l'église du Christ-Roi. C'est souvent qu'elle nous en parlait, et de la Vierge Noire là-bas qui fait des miracles. La Vierge en robe de satin blanc avec sa couronne de perles sur la tête. Les petites filles, leurs rubans dans les cheveux, et les hommes, les femmes qui mettent des habits pas comme ceux qu'on porte tous les autres jours. Les repas non plus ne sont pas pareils puisque c'est dimanche. Alors on reste là l'après-midi à bavarder, à flâner sans se presser, on ne se préoccupe plus de rien. Et tout à coup quelqu'un frappe à la porte et vient boire un petit verre. Voilà, c'est dimanche.

Un moment, on voyait bien, elle était là-bas, au milieu d'eux.

— Je n'ai jamais connu ça, moi. Dans toute ma vie.

Madalena était très grande, toujours habillée de noir, la peau sombre, de cette couleur rare, à la fois brugnon et pain brûlé. Son foulard noir toujours serré autour de sa tête lui descendait presque jusqu'aux sourcils, elle en nouait par-derrière les pointes qui avaient l'air de deux petites ailes dans sa nuque.

Elle hochait la tête, faisait un geste d'impatience.

— Laissez donc ces cyprès-là tranquilles, je vous en supplie.

Elle passait ses mains sur son visage rude. Et on voyait bien que notre histoire de cyprès commençait à l'ennuyer.

— C'est pas la peine de continuer à les compter. Ils sont quatorze si c'est cela qui vous occupe. Vous entendez bien, pas un de plus et pas un de moins. Même que je les ai comptés plus d'une fois. Et dire... Dire que demain vous allez recommencer, c'est sûr.

Elle se calmait et ajoutait au bout d'un instant :

— Mais enfin, qu'est-ce qu'ils peuvent bien avoir d'extraordinaire, je vous le demande...

— C'est parce que tous les deux, on voulait savoir...

— Regardez donc plutôt les champs, ou les asphodèles, les eucalyptus, je ne sais pas, moi... N'importe quoi !

Elle s'exaltait de plus en plus.

— C'est qu'il y en a des choses, pensez un peu ! Autour de nous, quand on sait voir, il y en a des choses à regarder.

— Mamma, cria soudain Francesco, les voilà qui s'en vont tous maintenant !

— C'est fini, tu entends. Oh ! Francesco, voilà qu'à huit ans tu parles encore comme un simple d'esprit. Et maintenant je veux que tu t'arrêtes.

Chaque fin d'après-midi jusqu'à ce que le soleil disparaisse derrière la montagne, nous restions là dans la certitude d'un lendemain en tout point semblable à ce jour-là.

Dans la nuit ce cri semblait venir de très loin. Un seul cri, et puis plus rien.

Les étoiles étaient glacées, toutes petites dans le ciel noir, la lune presque ronde tout près de la montagne, entre deux cyprès. L'aube n'avait pas encore paru.

— Ce n'était pas un cri humain, dit Josefino au bout d'un moment.

Instinctivement il a mis ses mains contre ses oreilles et a fermé les yeux.

— Je l'entendrai toute ma vie. Vous ne pouvez pas comprendre.

Alors Madalena avait jeté en hâte un châle sur son vêtement de nuit, et lui, il avait serré son pantalon avec une ficelle, et ils s'étaient mis à courir tous les deux dans l'allée aussi vite qu'ils pouvaient, mais on y voyait peu dans l'allée malgré la lune.

Ils avaient été pris par la peur ensemble sans même savoir pourquoi. Madalena pensait au feu, le feu devait être dans la maison. Lui pensait aux pierres du toit que le vent de printemps tellement violent la veille avait peut-être arrachées, ce vent si violent quand il vient de Castelvecchio. Le vent, avait dit Madalena, quel vent, Josefino ? Tu dors encore. Il n'y a pas eu de vent. On n'entendait plus rien. Seulement les bruits que fait la nuit. Il avait demandé à Madalena quelle heure il pouvait bien être.

— Elle n'en savait rien.

Il y eut soudain comme une fraîcheur dans la pièce, entrée en même temps que l'odeur sucrée et chaude des acacias. Il y eut autour d'elle ce souffle froid qui la gagnait et qu'elle ne s'expliquait pas.

Assise dans un fauteuil tout au fond de la salle, les mains pendant dans le vide, Anna Livia regardait la femme depuis un moment avec intensité mais sans la voir pourtant. Mousseline blanche suspendue dans l'espace, le soleil l'éclairait, arrêtée là sur le seuil de la porte. Elle coupait les rais de lumière où virevoltait la poussière.

Puis elle la vit. Elle ne fit aucun mouvement, pas même celui, tout naturel, de se lever devant cette apparition soudaine et d'aller à sa rencontre pour la saluer, lui demander pour quelles raisons elle se trouvait là.

Elle la regardait. Sans étonnement. Avec une grande indifférence, une sorte de placidité morne, rigide. Comme si elle s'était attendue à cette visite, et depuis longtemps s'y était préparée. Et que cette présence importait peu.

La femme ne bougeait pas, attendant peut-être un signe, un geste qui l'inviterait à entrer, ou alors mesurant l'espace qui la séparait de la jeune fille. Peut-être essayait-elle tout simplement de s'habituer à l'ombre de la salle.

Immobilisée dans l'encadrement de la porte, se découpant sur fond de ciel bleu, elle semblait avoir accroché un nuage blanc au passage. La tête légèrement penchée sur l'épaule, elle souriait. Et c'était un temps long, un temps infini qui s'écoulait.

Elle entre puis elle hésite, elle avance un pied comme pour tâter le sol, tel un aveugle qui veut s'assurer de la stabilité de ce qu'il a sous ses pas. Mais aussitôt elle se décide sans paraître toucher les dalles, irréelle, ne se posant sur rien, elle vient droit vers Anna Livia mais ne pourrait pas dire si celle-ci l'a vue.

Pourtant, à aucun moment Anna Livia n'a détourné les yeux pendant que cette clarté mouvante et fluide dans les rayons du soleil dansant traversait la longue pièce, glissant plutôt, ne faisant aucun bruit sur le sol, ses yeux fixés dans une sorte de fascination sauvage et stupide, avec une avidité tranquille, sur cette femme qui, dès qu'apparue dans cette haute salle nue, avait projeté une lumière insolite et glorieuse qui ne tenait pas seulement à la mousseline blanche dont elle était revêtue et comme enveloppée ni au sourire qui ne l'avait pour ainsi dire pas quittée, mais à quelque chose de doux, venu de très loin, quelque chose de vaporeux qui sentait bon, venu d'un autre pays, d'une autre vie.

Peut-être a-t-elle su dès son entrée que cette femme était sa mère, par une sorte de connaissance profonde qui ne se rattachait pas au souvenir. Comme d'avant toute mémoire. La reconnaissant aussitôt sans l'avoir jamais connue, jamais vue.

La femme a perdu un peu l'équilibre alors qu'elle n'était plus qu'à quelques pas d'Anna Livia, comme si elle venait tout à coup de rater une marche, elle a tendu les bras en avant, ses mains semblant chercher un mur, un appui, avec l'hésitation de quelqu'un qui se trouve brusquement dans le noir absolu. Elle a pu se ressaisir pourtant, et s'immobilise de nouveau, n'osant pas approcher plus avant.

Et maintenant la bouche a l'air de former des mots qui ne sortent pas, elle ne sait comment dire, que dire, par où commencer. A moins qu'elle ne cherche à retarder ainsi le moment où il lui faudra bien parler, se mettre à parler. Elle ne cesse de regarder tout autour d'elle, confuse peut-être de ne pas trouver les mots qui auraient créé aussitôt quelque chose entre elles, un rapport, un lien. A moins qu'elle ne veuille se rassurer avant d'affronter une pareille indifférence, une dureté presque insupportable.

Elle passe une main sur son front et la laisse retomber, elle semble soudain épuisée.

— Oh ! fait-elle enfin.

Le ton est celui de quelqu'un qui, face à un événement qui le dépasse, ne trouve plus rien à dire.

Un instant elle regarde Anna Livia fixement, incrédule. Peut-être étonnée maintenant de la ressemblance entre la jeune fille et son père. Même visage étroit, même regard surtout, un regard de solitaire, à la fois doux et implacable.

Elle s'est ressaisie à nouveau. Elle avance encore de quelques pas, lentement, à tâtons, et s'arrête indécise. Et même là, alors qu'elles sont si proches l'une de l'autre, Anna Livia ne se lève toujours pas, ne fait même pas ce geste simple, attendu, devant cette femme encore jeune sans doute, mais qui est sa mère. Elle ne baisse pas les yeux non plus, à aucun moment. Ses yeux sont calmes, sans curiosité, elle ne semble même pas inquiète de savoir ce qu'on attend d'elle, ce que cette femme est venue faire ici, elle n'a pas plus d'apparence de vie qu'un portrait dans un cadre.

La mère murmure tout bas :

— Tu sais, je n'ai jamais rien oublié, jamais tu sais, et quand je suis partie j'aurais voulu... Je n'ai pas pu, et pourtant il aurait suffi peut-être...

Et se reprenant aussitôt, d'une voix plus forte :

— Et maintenant encore il suffirait peut-être...

Le sourire lui revient, tandis qu'elle fixe Anna Livia de ses yeux sombres, où le soleil par moments met un peu de bleu, les tenant cloués sur elle comme si par quelque grand mystère ils pouvaient, à force d'attention et de patience, faire surgir Dieu sait quelle connaissance, quelle re-connaissance plutôt, ou simplement une intime compréhension.

Pouvoir effacer tout à coup, par miracle, les années d'absence, arriver à combler le vide du temps englouti, de ce temps à tout jamais perdu, tisser la trame serrée de ces quinze ou seize ans — elle n'est pas sûre de bien se souvenir — qui séparent le tout petit enfant qu'elle a quitté de cette jeune fille qui est là devant elle.

Est-elle en train de rêver à ce qui aurait pu être et qui n'a pas été... Se souvient-elle ? On dirait qu'elle écoute le silence.

Là, dans la lumière dure et coupante qui la rend irréelle, avec son visage couleur de sable doré, elle ressemble à la Vierge de Las Cruces qui penche un peu la tête sur Jésus Enfant, celle de l'image que Madalena avait épinglée au mur de la cuisine au-dessus de la petite veilleuse allumée nuit et jour. Mais il y a chez cette femme une mobilité insolite, qui est un peu comme le léger balancement d'une fleur sur sa tige. Il y a aussi dans ses yeux brillants comme de l'huile noire, tantôt bleutés, tantôt d'un noir profond presque opaque, un constant et doux frémissement.

La femme tourne de nouveau la tête et reprend d'une voix incertaine :

— J'ai pensé qu'il y avait quelque chose à faire pour toi. Il y a des choses que je peux faire.

Sa voix a de la fraîcheur elle aussi, une fraîcheur qui rend tout ce qu'elle dit, les gestes qu'elle fait, étrangement séduisants, éphémères.

Elle a soudain un mouvement vers Anna

Livia, un geste qui se voudrait tendre, comme enveloppant. Pourtant elle laisse tomber ses bras aussitôt, avec l'air de renoncer.

Elle dit d'un seul élan :

— Elisabeta.

Anna Livia qui jusqu'alors n'avait cessé de regarder la femme avec calme, s'émeut tout à coup. Les sourcils légèrement froncés, elle laisse percer un certain malaise, de la stupéfaction même, on dirait qu'elle ne comprend plus la langue qu'elle entend. Et la femme se hâte maintenant, elle s'embrouille dans ses mots avec une sorte de peur qui lui fait baisser les yeux, élever la voix, et dire avec force sans pouvoir se contenir :

— Mais comprends donc, essaie de comprendre. C'est moi, tu sais bien qui je suis, dis-moi que tu m'as reconnue.

Non, personne n'avait eu à lui dire qui était cette femme, Anna Livia l'avait su tout de suite et elle savait aussi que la femme savait qu'elle savait. Dans l'instant même du premier regard. Une intuition émergeant soudain d'un souvenir très lointain de la vie vécue avec elle, et peut-être même plus ancien encore.

Mais peut-être que ce fut une certaine couleur du jour qui brusquement lui en donna la certitude. La mère, présence sombre et lumineuse devant laquelle elle avait eu envie de s'enfuir, d'aller vers la chaleur du soleil.

A moins que ce ne fût la violence de cette voix dans la campagne déserte, ce son isolé qui, n'étant relié à aucun autre, ne signifiait rien à lui seul, ne voulait rien dire. C'est que, dans la campagne, une voix avait soudain couvert le murmure de la mère.

Elle penche la tête vers sa fille, si près qu'elle lui frôle presque la joue. Anna Livia fait un mouvement pour se lever, comme pour fuir, et la laisser là, toute seule, mais elle se renfonce toujours davantage dans le fauteuil, et soutient bravement le regard étonné, désarmé qui maintenant la cherche, l'interroge.

— Je sais bien, c'est sans doute difficile à comprendre. Si pourtant tu essayais... Avec moi, Elisabeta.

Anna Livia s'enveloppe encore plus étroitement dans le châle noir qu'elle a sur les épaules, elle garde les paupières à demi fermées, il n'y a plus devant elle que cela, cette blancheur vaporeuse et ondoyante, et elle ne dit rien.

Abandonnée au royaume du sable.

Ce sera un jour comme les autres.

Le soleil m'absorbera. Il ne restera rien de moi.

Les vautours s'occuperont du dernier acte.

Elle était accroupie dans un coin de la chambre, elle regardait le sang tiède qui coulait tranquillement entre ses jambes et par instants se précipitait, dans une odeur douceâtre, intime de chenil, regardant, à la fois médusée et résignée, prête à se laisser vider sans rien dire, sans rien faire, ça semblait ne pas devoir s'arrêter, et pensant seulement Je vais me vider toute maintenant.

Madalena avait frappé à la porte de la chambre. Personne n'avait répondu, et elle l'avait trouvée là un matin, recroquevillée sur le tapis, les genoux pliés.

— C'est dans la nature, avait dit Madalena.

Anna Livia était là depuis longtemps déjà, à regarder cet écoulement mystérieux, calme et triste, il venait sans souffrance des profondeurs de son corps, elle regardait avec attention, et détachement aussi, avec seulement un peu de curiosité, se demandant peut-être quand ça prendrait fin, et comment ce serait si ça ne prenait pas fin, lorsque tout son sang serait parti. Attendant ce moment.

— Ça veut dire simplement que tu n'es plus une enfant.

Elle n'avait pas sursauté. Elle était si attentive à ce qui venait de lui arriver qu'elle ne fit aucun mouvement lorsque Madalena lui toucha l'épaule. Peut-être même n'entendait-elle pas Madalena qui lui parlait de ces choses.

— C'est le propre des filles d'avoir ça chaque mois, tu dois rendre grâce à Dieu.

Ce sera un jour comme les autres. Ce sera peut-être demain.

Je ne pourrai plus avancer sur cette terre couleur de boue. Je m'arrêterai. Je me laisserai glisser sans aucune résistance. Simplement je ne pourrai plus aller.

Il disait :

— Chaque jour est comme un autre et pourtant non, comme aucun autre.

Ce sera un jour comme un autre.

Le soleil me boira toute, aussi facilement, aussi vite que l'eau jetée à grands seaux par Madalena sur les dalles rouges de la terrasse devant la cuisine.

Il n'y aura plus qu'un corps à l'abandon sur le sable, dans ce pays où la nuit renverse le jour et où l'aube renverse la nuit, d'un seul coup.

— Non, ça n'a pas été facile du tout, je n'ai d'abord rien pu voir tellement il faisait nuit.

Josefino fait tourner son chapeau de paille dans ses mains épaisses et rugueuses aux ongles noirs de terre. Il n'arrête pas de lui raconter tout ce qui s'est passé ce matin-là, la peur sur les choses et la peur sur les visages ce matin-là.

Debout devant la femme, la regardant avec ces yeux ternes, hagards, qui semblent avoir encore et toujours la même image terrifiante en face d'eux. Il sort un mouchoir de sa poche, qui sent le gros tabac, il s'éponge le front et répète que non seulement il ne s'attendait pas à voir ça mais qu'il ne s'était jamais trouvé devant un malheur pareil. Il ne soupçonnait même pas que ça pouvait exister, c'est tout dire. Même s'il lui était arrivé d'en avoir entendu parler une fois.

— Madalena, elle, c'était comme si elle avait tout compris, avant même d'avoir vu. De l'avoir vu, lui. Alors qu'elle ne savait rien encore. Elle n'avait pas eu besoin de le voir pour savoir.

Lorsque dans le faisceau de la lampe elle avait vu la petite qui était là, pliée en deux, accroupie sur ses talons et qui se balançait dans un mouvement lent et régulier de bascule, avec ses mains qu'elle serrait, tous ses cheveux ramenés en avant sur ses yeux bien fermés devant l'horreur.

Il se tait un long moment, regarde dans le vide. Puis il se tourne lentement vers la femme et reprend d'une voix tout autre, un peu voilée.

— Madalena s'était jetée à genoux, les bras en croix, elle sanglotait, elle priait. Par votre mère, la Madone !... Elle a crié, elle a même menacé, on aurait dit qu'elle ne pouvait s'en empêcher. Elle est allée jusqu'à hurler Pitié, Seigneur ! alors que pourtant elle ne l'avait pas encore vu. Le fond de la chambre était trop noir. Mais moi, voilà que je ne pouvais pas faire un mouvement. Je restais comme tout engourdi et glacé sur le seuil de la porte, je me disais que le pire était encore à venir, quoi, je ne le savais pas, mais c'était sûrement dans le fond de la chambre. Je n'osais pas lever ma lampe vers là-bas et je ne voulais pas le faire non plus. Ni voir ni savoir. Je ne pouvais pas me dire qu'il n'y avait plus d'espoir. C'est sur la petite que je gardais ma lampe, et quand je dis garder ma lampe, ça n'est pas juste, parce qu'elle s'était mise à s'agiter dans mes mains comme une folle, je tremblais tellement, je n'arrivais pas à la maintenir droite, et en repos. Quand tout à coup elle est allée balayer juste ce que je ne voulais pas voir. Ça n'a pas été long, le temps d'un seul regard mais je n'ai pas pu retenir mon cri, moi non plus. Comme si la terre venait de s'ouvrir là, d'un seul coup, sous mes pieds.

De nouveau, il ferme les yeux. Des gouttes de sueur roulent sur son front ridé. Il parle à voix très basse, comme si quelqu'un d'autre pouvait l'entendre.

— Et pourtant il fallait le tirer de là. Et ça n'était pas facile. Avec la peur aussi en moi qui m'enlevait ma force. Mais c'était à moi de le faire.

— Mais pourquoi, pourquoi personne n'a-t-il appelé ?

— Appelé qui ?

Il ne peut s'empêcher de lever un peu les épaules. Il répète vivement mais avec une lassitude soudaine :

— Qui appeler ?

— Vous n'avez pas pensé à...

— Oh moi, vous savez... Est-ce que je pensais seulement... Est-ce qu'on pense dans ces moments-là... Il ne bougera jamais plus, c'est tout ce que je me disais.

— Vous pouviez appeler au moins le prêtre.

— Le prêtre !

— Oui, il me semble qu'un prêtre...

— Un prêtre !... Mais jamais il n'aurait accepté de venir.

Et comme s'il était surpris lui-même par le ton trop élevé de sa voix, il reprend, timide, humble presque.

— Il n'aurait pas pu accepter.

— Ne croyez pas ça, Josefino. Il serait venu, dit-elle. A cause de l'importance de la maison, à cause de la famille. Même s'il avait dû venir de plus loin encore. Comment aurait-il pu refuser ?

— Mais vous n'y pensez pas !... De la façon dont tout s'était passé, il n'aurait pas pu venir. A moins de l'y forcer. Mais alors c'est sans Dieu qu'il serait venu... Et pourtant je peux dire que de ma vie je n'ai jamais connu un homme aussi bon, et en un sens un meilleur chrétien. Alors qu'il ne croyait pas à toutes ces choses de la religion, ça c'est sûr.

— Et la loi, les autorités de la loi ?

— Il aurait fallu le faire savoir. Je sais, dit-il d'une voix assourdie, un peu appliquée, comme s'il ne voulait pas la contrarier. La loi. Mais c'est qu'on est si loin ici, si loin du monde et de la loi... Est-ce qu'il y a encore quelqu'un qui sait seulement que nous existons... Même s'il l'a su un jour, il l'a oublié... Mettez-vous un peu à ma place. Les choses étaient déjà assez compliquées comme ça. Et tous les ennuis qu'on aurait pu avoir avec la loi. J'aime mieux ne pas y penser.

— Quand même, avoir fait tout cela seuls sans prévenir qui que ce soit.

— Bien sûr, je ne dis pas, il aurait peut-être fallu... Mais c'est que, depuis longtemps, Monsieur ne voyait plus personne... Plus personne ne venait ici, puisqu'on n'y donnait plus de fêtes.

— Mais elle ?... Elle n'y a pas pensé, à faire venir un prêtre ?

Il se penche un peu vers la femme, au-dessus de la table, pour mieux se faire entendre.

— Un prêtre, dit-il avec une sorte de colère cette fois. Mais qu'est-ce qu'il aurait pu faire ?

Pendant un moment, il garde le silence.

— Et puis je me demande même si elle sait faire le signe de la croix. C'est tout juste. Non, je n'en suis pas si sûr... Parce que ce matin-là, enfin je veux dire une fois tout fini et la terre jetée par-dessus, quand Madalena et moi, on a dit tous les deux la prière et qu'on s'est signés, elle n'a pas fait comme nous. C'est ce qui me fait penser... Elle ne croit en rien peut-être.

Il reste rêveur.

— Quand même Madalena a bien dû le lui apprendre, c'est vrai. Comme elle l'avait appris à Francesco.

— Qui est Francesco ?

— Mon fils.

Machinalement elle regarde autour d'elle dans la salle comme étonnée de ne pas l'y trouver.

— Il n'est pas là ?

— Il est mort.

— Oh, dit-elle avec indifférence, je vous demande pardon.

— Ils avaient le même âge avec la petite, vous savez.

Il passe sur son front le revers de sa main.

— Vous ne pouvez pas vous souvenir.

— Si, si, je me souviens.

— Ils ne se quittaient pour ainsi dire jamais, tous les deux. Comme Monsieur et moi, lorsqu'on était enfants. Il l'aimait tant, Anna Livia, dit-il d'une voix étranglée.

— Anna Livia... Qui c'est ?

— Ben, votre fille.

— Qu'est-ce que c'est que ce nom ?

Il ne peut s'empêcher d'avoir un petit rire aigu, enfantin.

— C'est le sien, bien sûr. Le sien.

— Elle s'appelle pourtant Elisabeta, je l'appelais Elisabeta... Qui a pu lui changer son nom... dit-elle à voix très basse.

— C'est toujours comme ça qu'on l'a appelée... Mais la plupart du temps, on dit la petite. C'est Madalena et moi qui l'avons élevée, je peux dire, alors entre nous c'était toujours la petite et ça lui est resté même quand elle est devenue grande.

Quand elle ne venait pas dans les champs avec lui, elle aimait bien être dans la cuisine avec Madalena. Pour ce qui était de l'instruction son père s'en occupait le matin, c'était lui, oui, mais seulement le matin, il trouvait ça suffisant.

— Mais on n'a pas eu à se poser de questions si vous voulez savoir. Parce qu'elle a décidé de tout.

— Décidé de tout ? De quoi ?

— Elle a décidé de l'endroit, du jour, de l'heure. De tout. Oui, c'est elle.

— Elle toute seule ?

— Toute seule, oui. Mais il est probable qu'au moment même où elle décidait, pour ainsi dire ce n'était pas elle qui était là. Comment expliquer ça, qu'elle n'était pas là, je n'en savais rien où elle était, mais elle n'était pas là.

Il s'est remis à raconter ce qui restait si terrible encore, insoutenable.

Anna Livia qui continuait à les fixer tous les deux de son regard trop grand, immense et vide, et qui semblait dire pourtant Je vais hurler, je vais me mettre à hurler de nouveau maintenant. Ses longs doigts crispés, qu'elle serrait si fort qu'ils semblaient impossibles à desserrer, on aurait dit qu'elle voulait les arracher ou les briser. Et eux deux, Madalena et lui qui restaient là à attendre, qui ne pouvaient faire autre chose qu'attendre son cri, un geste, la clameur sauvage du désespoir. N'importe quoi. Tout plutôt que d'être là, démunis près d'elle, impuissants comme des étrangers devant ses yeux qui les regardaient, sans larmes, ces deux grands trous noirs qui les fixaient sans les voir.

— Elle ne pleurait pas ?

— Non.

— Elle n'a pas du tout pleuré, à aucun moment ?

— Non, pour ça non.

Quand il avait dit à Madalena que ce n'était pas normal qu'elle reste ainsi sans pleurer, même pas humain d'une certaine façon, elle lui avait répondu qu'il n'y comprenait rien, qu'elle, au contraire, elle pensait que la petite était toute gonflée de larmes et que si on la piquait avec une aiguille, on la crèverait comme un ballon.

— Et même, voyez-vous, m'est avis que si elle en avait eu la force, elle aurait fait tout elle-même. Toute seule. Elle n'aurait laissé à personne le droit de s'approcher de lui, personne, ni moi ni Madalena. Même que ça nous a posé bien des problèmes.

Il convenait de dire aussi que la nuit qui avait suivi, Madalena avait couché là sur une paillasse posée en travers de deux chaises, on ne pouvait laisser la petite seule dans cette grande maison, ils craignaient le pire. Mais elle, toute la nuit elle était restée accroupie près du lit, à regarder son père.

— C'est qu'elle ne l'a pour ainsi dire pas quitté. Jusqu'au tout dernier moment, elle est restée là comme un chien près de son maître. Comme si elle avait eu peur que quelqu'un l'enlève ou qu'il disparaisse. Elle restait là à le regarder. C'est pour cela aussi que ce qu'il m'a fallu faire, je l'ai trouvé tellement dur à faire.

Madalena avait mis un linge sur le visage du mort parce qu'il commençait à faire chaud, elle lui avait croisé les mains sur la poitrine. Mais la petite avait enlevé le linge pour le regarder jusqu'au bout, alors que déjà un mince filet jaunâtre commençait à suinter aux coins de ses lèvres.

Plus de deux heures il lui avait fallu pour creuser et le descendre dans la fosse. Et elle le regardant faire comme elle l'avait regardé le matin précédent pendant qu'il mettait toutes ses forces à détacher le corps. Elle, son visage de pierre, toute tendue dans sa volonté de ne pas tomber, un visage sans un pli de souffrance, figé dans la stupeur, d'où toute vie s'en était allée.

Il s'était passé alors une chose étrange qu'il n'arrivait pas à comprendre. Tout d'un coup elle était sortie de son immobilité, qui durait depuis la veille, écoutant peut-être un bruit, une voix, peut-être un pas. Il s'était dit alors qu'elle attendait quelqu'un. Mais qui aurait-elle pu attendre ? Ou qu'elle attendait que quelque chose arrive. Tout était pourtant fini. Et il avait recommencé à espérer de lui voir faire un geste, pousser un cri, enfin cette plainte qui l'aurait libérée et leur aurait permis à tous les deux de lui porter secours. Parce que non, ce n'était pas normal. Il se disait Elle va finir par craquer, elle va crier, s'arracher les cheveux, déchirer ses vêtements. Parce qu'elle doit bien se rendre compte maintenant que, lui mort, elle n'a plus personne au monde.

Elle avait paru écouter un moment le cri de l'oiseau inquiet après sa nichée, et son visage avait pris un peu de couleur, il semblait ne plus être le même. Mais ça n'avait pas duré. Quand l'oiseau s'était tu, elle était retombée dans la même torpeur et il avait perdu son espoir de la voir guérir.

Là aussi Madalena avait voulu l'entraîner. Ce n'est pas qu'elle avait refusé, mais elle restait aussi rigide qu'une statue de plomb impossible à déplacer. Madalena lui avait pris les mains dans les siennes comme pour la réchauffer, elle l'étreignait très fort en sanglotant. Elle répétait Anna Livia... Anna Livia. Mais elle, elle regardait le corps de son père glisser lentement dans la fosse, et sur ses joues, on aurait dit qu'il y avait le froid blanc de la mort.

A la fin, il avait bien fallu la laisser là toute seule. De la maison, ils pouvaient la voir à genoux dans l'herbe au bord de la fosse à peine refermée. Elle ramassait des cailloux qu'elle faisait tomber un à un sur la terre encore fraîche. Et ainsi jusqu'à la nuit.

— Quand j'y suis allé, le lendemain, on ne pouvait tout de même pas le laisser comme ça, sans un signe, sans une marque, pensez il était parti presque comme un chien, tout s'était fait tel que je vous l'ai dit, pas de rosaire ni messe ni cloches, j'ai vu des tout petits tas de pierres sur la tombe. Ça faisait comme une image.

— De la croix ?

— Non.

— Une image de quoi alors ?

— Je ne sais pas. Je ne pourrai pas vous dire mais une image tout de même, ça se voyait bien. Je crois qu'elle avait perdu la raison... Il y a de quoi. Quand on pense que c'est elle qui l'a découvert. Autrement nous deux, on se serait débrouillés pour lui épargner cette chose horrible.

— Mais pour le trouver là, en pleine nuit ? Elle devait déjà soupçonner quelque chose... Comment pouvait-elle savoir ?

— Sans doute qu'il a eu un râle avant de mourir. Peut-être qu'il a fait du bruit quand il a repoussé le tabouret avec ses pieds... Mais non, c'est vrai, j'y pense maintenant, c'est mon chien qui l'a su avant tout le monde. Il n'a fait que geindre toute la nuit sans raison en tirant sur sa laisse.

Oui, bien avant ce cri qui les avait jetés hors du lit, il y avait eu le remue-ménage du chien. Ça n'était pas dans ses habitudes, il ne se regimbe jamais pour ainsi dire, bien qu'il reste attaché.

— C'est pour l'empêcher de monter ici. Pour qu'il ne lui arrive pas ce qui est arrivé à Brisca. J'ai déjà pensé bien des fois à le donner parce que ce n'est pas une vie, même pour un chien, de vivre attaché, mais chaque fois je recule, le courage me manque.

— Oui.

— Alors je le garde quand même. Je l'aime trop pour m'en séparer. C'est qu'on s'attache, vous savez.

— Oui, oui, dit-elle sur le même ton patient.

Il profite de son air distrait, lointain, et il se met à parler des jours d'autrefois quand ils étaient enfants tous les deux, Monsieur et lui.

— Et même je le tutoyais avant qu'il ne soit allé chez les Pères. Après, je veux dire quand la mère est morte et qu'il est devenu le maître, ce n'était plus pareil. Pour moi, je veux dire. Lui, il avait beau être resté le même, pour moi c'était différent, vous devez me comprendre. Déjà quand nous étions enfants, je n'oubliais pas que c'était lui le maître ou qu'il allait le devenir. Personne n'avait eu besoin de me le dire, c'était comme ça. Et ça n'enlevait rien à notre attachement, ça ne changeait pas mon affection pour lui.

Il parle de la mère aussi, toujours tellement hautaine, de la dame du domaine avec son large ruban de velours gris perle autour du cou. Et de toutes les fêtes qu'elle donnait, la pelouse si gaie avec les petites tables blanches, les calèches et les voitures dans les larges allées. C'est qu'on venait de très loin parfois. Et partout des flambeaux et des candélabres. Les musiciens aussi étaient là. Et le soir, le feu d'artifice éclatait dans la nuit déjà pleine d'étoiles. Mais une fois sa mère partie, il n'avait plus songé à donner de fêtes, Monsieur. Toujours dans ses livres alors, ou bien à cheval.

Josefino est lancé, et il parle de cet homme qui restait si en dehors des affaires de la propriété, qui n'avait jamais eu à s'occuper de rien. Parce que si chaque matin, il était censé leur donner des ordres, en réalité il fallait bien qu'on fasse comme on pouvait aussi bien pour le blé que pour le maïs, les oliviers et le reste. Il ne trouvait jamais rien à dire à ce qu'on faisait. Madalena, elle, décidait des repas. Il se contentait de peu.

— C'est que pour ainsi dire, je faisais partie de la maison, en somme j'étais un peu de la famille, enfin presque. Pensez, et depuis si longtemps, on est toujours sur le domaine de père en fils. Ça aurait pu continuer avec Francesco si Dieu ne l'avait pas repris.

Sa voix est lente, monocorde, celle des gens qui ont l'habitude de parler peu et qui vivent tout le jour avec les choses simples et constantes de la nature que rien ne hâte, ne précipite. Il a le geste posé, toujours mesuré.

— Alors, après la mort de Francesco, Anna Livia, elle était tout pour nous. Tout ce qu'on avait au monde, nous deux. Et c'est pour cela que j'ai pu trouver la force de faire ce qu'il fallait. Et pour cela aussi que le cœur me manquait.

— Mais pourquoi... Pourquoi a-t-il fait cela, pour quelle raison ? Je n'arrive pas à comprendre.

— C'est comme ça.

Alors Josefino, peut-être pour oublier un moment l'histoire qui les obsède, lui demande si ailleurs c'est comme ici, si on vit ailleurs dans l'incertitude aussi.

— Où ailleurs ?

Il hésite un peu, puis :

— Là d'où vous venez.

Et comme elle ne répond pas, il se tait.

Pendant un assez long moment il pose son regard attentif sur la femme. Il semble occupé à cela seulement, la regarder. C'est alors que son visage couleur de terre, à la peau granuleuse et ridée comme de l'argile sèche, tout à coup change, une grande douceur, du bonheur vient de l'éclairer.

Il se ressaisit presque aussitôt.

— De vous retrouver ici, dit-il d'une voix troublée. Quand je vous ai reconnue de loin, tout à l'heure, après si longtemps, je n'en croyais pas mes yeux... J'ai eu comme du contentement. Oui, de la joie malgré tout ce qui s'est passé ici...

Et maintenant il se souvient, il parle de ce jour où il l'a vue pour la première fois. C'était le printemps, comme aujourd'hui.

— J'ai cru que je voyais la Madone.

Ils sont en marche tous les deux depuis combien de jours, elle ne saurait le dire.

Assise sur une pierre au pied d'un arbre géant dont les branches retombaient pour s'enraciner, elle avait attendu là, juste à la sortie de la ville, et elle regardait à droite et à gauche comme espérant la venue de quelqu'un.

Elle l'avait vu passer. Les yeux droit devant lui, les cheveux blancs mais la taille encore souple, le corps sec perdu dans son ample vêtement flottant, il semblait tellement faire partie de la terre grise et terne qu'elle s'était demandé sur-le-champ si cette terre était faite de lui ou lui de la terre tant ils se confondaient tous les deux. Inconscient du soleil qui tombait avec la raideur d'un fil à plomb, il marchait.

Anna Livia s'était alors jetée sur la route dans une sorte d'élan irrépressible. Ne sachant rien de cet homme, ignorant où il allait, ne sachant rien de ce pays, elle l'avait suivi. Comme si la chose allait de soi, ou comme si c'était lui, cet homme-là, qu'elle avait attendu, reconnu.

Savait-il que quelqu'un le suivait, quelqu'un, un être humain ou un animal ? Jamais il ne tourna la tête, pour voir. Indifférent, il marchait à une cadence constamment égale. Et Anna Livia derrière lui essayait d'accorder son pas au sien, les yeux rivés sur les pieds nus de l'homme qui touchaient à peine le sol, l'effleurant seulement.

Elle n'a pas eu le temps de se sauver. Appuyée contre le mur, les mains derrière le dos, comme voulant s'enfoncer dans le mur, disparaître, Anna Livia s'est arrêtée là, aussi tendue qu'un arc. S'il y eut chez elle un élan, ce fut un élan immobile, un recul vers la porte.

— Il n'aimait pas qu'on les coupe, je me souviens...

La mère était entrée sans faire de bruit, elle avait traversé la salle dans le silence, sur la pointe des pieds comme d'habitude, les bras chargés de fleurs. Avec toujours en elle et autour d'elle dès qu'elle arrivait dans une pièce une clarté joyeuse, comme une vibration qui se propage.

— Il n'a pas pu ne pas te parler de moi. Ce n'est pas possible. Au moins une fois...

Elle plonge ses deux mains dans le vase pour écarter les branches, faire jouer les couleurs, et, reculant un peu pour s'assurer de leur effet, elle penche la tête sur l'épaule, avance une fleur, courbe une tige.

— Enfin, c'est possible, après tout. Avec lui, tout était possible.

La voilà qui recommence comme la veille, et Anna Livia, toujours dans la pénombre à l'abri du mur, avec le désir visible de disparaître dans l'épaisseur du mur, s'appuyant tantôt sur un pied, tantôt sur l'autre, attend qu'elle ait fini de discourir du père, du domaine et de tout, qu'elle ait fini de parler d'elle et des autres, avec cette aisance incroyable, son impitoyable légèreté.

— Parce que toi, quand même, tu n'as pas pu... Je veux dire que tu n'as pas pu ne pas lui demander un jour où était ta mère. Je suppose que l'idée t'en est venue, ne serait-ce qu'une fois... L'envie de savoir, non ?... Tu sais, il faut quand même que je te dise, quand j'ai quitté ton père...

Où veut-elle en venir ?

A la même histoire quand on ne lui demande rien, à vouloir raconter une histoire qui n'intéresse personne, donner des raisons que personne ne lui demande, et poser les mêmes questions impossibles à entendre.

— Il ne m'avait vue qu'une fois... Est-ce que ce n'est pas tout simplement fou si on y réfléchit ?

On dirait qu'elle se regarde de profil dans un miroir invisible, elle cambre la taille, passe une main dans ses cheveux.

— C'est que j'étais belle.

Elle se tourne vers la fenêtre grillagée. Ce n'est pas la campagne qu'elle doit voir, elle garde les yeux perdus au loin et pour la première fois elle ne sourit pas.

— Ils m'ont laissée partir. Peut-être même qu'ils m'y auraient poussée... Qu'est-ce qu'il a pu leur dire, leur promettre ?... Ils m'ont laissée partir avec un homme qu'ils ne connaissaient pas une heure plus tôt. Et qu'ils n'allaient jamais revoir. Et pourtant, en un sens, ils m'aimaient, j'en suis sûre.

Elle se rapproche d'Anna Livia. Brusquement lui fait face, lui offrant délibérément son visage en pleine lumière.

— Et toi, maintenant que tu es grande, ne cherches-tu jamais à savoir quelque chose sur la vie de ta mère ?... Même si je n'étais pas là, tu n'as pas eu quelquefois le désir de me connaître et de m'aimer ?

Son aisance frivole, sa facilité... Elle parle avec une simplicité si grande, si directe, alors qu'elle vient de faire sa connaissance il y a deux jours à peine, qu'elle en est touchante, vraiment désarmante.

— Je devais avoir ton âge, à quelque

chose près. Je ne savais peut-être pas ce que je faisais. A seize ans, est-ce qu'on comprend seulement ce qu'on fait... Est-ce qu'on sait, dis-moi ?

Quel âge peut-elle avoir maintenant ? Son visage est sans rides. Un visage lumineux, aussi doux, aussi lisse qu'un morceau de bois longtemps brassé par la mer. Mais déjà les contours sont prêts à céder, un peu, à peine.

La femme passe ses mains sur son visage, fâchée de s'être laissé surprendre, et tous ses bracelets se mettent à tinter.

— Ils m'ont laissé partir. Ma mère ne cessait de me répéter Quelle misère, la misère chez nous, tu la vois. Mais moi, je ne voyais rien, je ne connaissais pas autre chose. Je me sentais bien avec eux tous, malgré la misère.

Quelle misère a-t-elle pu connaître, quelle pauvreté, ses longues mains fines semblent n'avoir jamais eu affaire qu'à des objets fragiles et précieux, à des vêtements légers, des étoffes et des voiles de soie aux couleurs délicates.

— Tu ne sais pas ce que c'est, toi, que la misère. Je peux te la raconter. Tu es habillée comme une enfant de pauvres, c'est vrai, et sans doute que tu as vécu plutôt pauvrement avec ton père. Mais vois-tu, la misère, c'est autre chose.

Et quelle douleur, ou même quelle tristesse a-t-elle pu connaître, ses yeux n'ont jamais dû refléter que le plaisir de se regarder, la joie de se savoir regardée.

— Je jouais dans la rue avec les autres enfants quand il s'est arrêté devant moi. Qu'est-ce qu'un homme comme lui pouvait bien avoir à faire dans les rues sales de la ville basse ? Avec son air de hauteur qui ne le quittait jamais. Oui, il avait un air bon, c'est vrai, mais aussi quelque chose de froid qui contrariait cette bonté. Je croyais qu'il voulait me demander son chemin, qu'il s'était perdu dans le dédale des petites rues... Quand, plus tard, je le lui ai demandé, il a paru sur le point de répondre, mais tout à coup il s'est ravisé et il a dit Quelle importance ? Alors je n'ai pas osé insister.

Son regard s'attarde sur la campagne, perdu de nouveau, elle est maintenant dans un autre temps, son sourire s'adresse à elle-même, à l'éclat de ses seize ans. Parce qu'elle a eu seize ans une fois, c'était au temps de sa jeunesse, et ça fait partie de son histoire, de l'histoire qu'elle veut raconter.

— Il m'appelait...

Ses lèvres sont légèrement ouvertes, elle a l'air de réfléchir.

— C'est vrai, il m'appelait... Comment

m'appelait-il déjà ?... Est-ce bête de ne plus se souvenir !...

Elle cherche encore un moment, un doigt sur le front. Non, elle ne se souvient pas.

— Il y a si longtemps, c'est vrai.

Elle regarde alentour, elle enveloppe tout d'un regard à peine appuyé, caressant mais attentif, elle fait peut-être le compte de tout ce qu'elle a laissé.

— Pour moi qui ne connaissais que la misère, et la faim aussi le plus souvent... Je pense que maintenant tu peux facilement t'imaginer ce qui s'est passé... Lorsque j'ai découvert le domaine. J'étais tellement ivre de tout ce que je voyais ici ce premier jour que le sommeil m'a prise, quand je me suis assise là sur le bord du fauteuil dans la robe qu'il venait de m'acheter et que j'avais un peu relevée pour ne pas la froisser. C'était le premier jour.

Son regard de nouveau va d'un objet à l'autre.

— Si tu savais ma joie d'alors. Ça devait durer si peu de temps, un an à peine. Juste le temps de te mettre au monde, en somme...

Et voilà que ce visage qu'elle ne voulait pas connaître quelques jours plus tôt, Anna Livia met toute son attention à le regarder, elle le contemple même avec une sorte de passion.

D'une matière tellement délicate, ce visage, qu'on le croirait fait d'autre chose que de chair, et d'un dessin si simple que sa beauté tient justement à sa simplicité même.

— Il voulait peut-être rester un moment avec les miens pour mieux les connaître, il n'avait pas l'air du tout pressé. Pourtant je suis sûre qu'il n'a jamais dû se souvenir d'eux. Non, il n'avait pas l'air pressé de les quitter. Et finalement, c'est moi... C'étaient les miens surtout qui avaient hâte d'en finir.

Anna Livia, secouant la tête, à peine, ce même mouvement de tête qu'elle a toujours depuis l'enfance et dont personne ne pourrait dire s'il exprime l'étonnement ou le désespoir de son impuissance, de sa solitude, continue à la regarder.

Des lignes si simples, une si grande fragilité qu'on pourrait presque douter de la réalité de ce visage, n'était ce regard dont l'ardeur inflexible, inapaisée, semble montée là, à la surface de cette épure pour mieux témoigner de la hardiesse et comme du risqué de son exécution.

— Comment ai-je pu oublier !...

Ne plus écouter cette voix. Ne plus regarder ces traits, si parfaits qu'ils en sont austères et accentuent étrangement la langueur, la futilité secrète qu'on devine en elle. Ne plus voir ces grands yeux sombres où ne cesse de trembloter, de scintiller un petit point bleuté, fixé là comme l'étoile dans la nuit.

Et pourtant, alors que la fascine ce visage, dont la beauté maintenant lui va droit au cœur, elle ne paraît pas plus présente ni plus consciente qu'une personne endormie les yeux ouverts, seule dans une pièce silencieuse.

— Tu m'entends, Elisabeta... Je te parle.

La mère vient d'élever la voix avec l'impatience agacée d'un enfant qu'on n'écoute pas.

— Oui, c'est cela. C'est ainsi qu'il m'appelait...

Anna Livia serre fort ses paupières, pensant Et c'est pour me raconter son histoire qu'elle a fait un si long voyage, elle appuie la tête contre le mur comme si elle avait peur de tomber.

— Ma cavale, dit la mère dans une sorte de défi.

Anna Livia a juste le temps d'atteindre le fauteuil où elle s'effondre.

La mère s'approche, met la main sur l'épaule d'Anna Livia qui relève vivement la tête, aussi elle retire sa main et reste un moment sans rien dire, puis sur un ton de ressentiment, d'humiliation aussi :

— Mais... Tu me hais.

Tout près d'elle, tache claire et ensoleillée, la mère continue de parler très bas, comme si elle avait peur de l'effaroucher ou de la voir fuir, elle murmure des mots sans suite. Et elle recommence le même geste humble de la main, qu'elle retient aussitôt.

— Elisabeta.

Puis d'un ton appliqué et chaleureux, on dirait qu'elle essaie sa voix sur un autre registre, d'un ton qu'elle voudrait proche, plein de tendresse :

— Elisabeta

et trouvant peut-être de la douceur à ce nom, de la douceur à le prononcer, elle répète encore :

— Elisabeta.

Avec la lenteur de quelqu'un qui s'éveille, Anna Livia tourne la tête vers sa mère, et enfin d'une voix blanche, impersonnelle :

— Je m'appelle Anna Livia.

— Anna Livia... Anna Livia, il faut que tu écoutes... C'est mon histoire...

Je me suis blottie contre ma mère un moment, la tête au creux de son épaule, mes bras autour de son corps menu, je l'ai serrée très fort. J'avais envie de la consoler et d'être consolée tout ensemble. De quoi, je ne le savais pas. Peut-être de ce qu'elle me laissait m'en aller sans essayer de me retenir, peut-être de ce que je m'en allais sans rien faire pour rester. Et j'ai eu froid soudain. Nous sommes restées là, serrées l'une contre l'autre devant mon père et devant cet homme, nous balançant doucement toutes les deux. Je n'ai pas pleuré. Mon cœur s'est mis à battre plus fort, c'est tout, le cœur de ma mère aussi, je pouvais l'entendre.

Mon père gardait les yeux baissés. Il était assis au bord du lit, une main contre sa poitrine comme s'il s'était trouvé mal brusquement, son autre main serrait quelque chose. Et j'ai compris que ce devait être de l'argent. Ma mère a fait avec son pouce le signe de croix sur mon front. L'homme aussitôt après a pris ma main dans la sienne, alors il m'a paru un peu gauche, le visage très pâle, le contour des yeux plus marqué. Il avait un regard voilé, rempli de tristesse.

J'ai quitté les miens sans me retourner. Je n'étais pas malheureuse à la maison, même s'il nous arrivait trop souvent de manquer de bien des choses. Je n'étais pas malheureuse. Au contraire. J'étais encore une enfant en somme. Et je ne connaissais que la ville basse. Et les autres enfants avec qui, le plus souvent, j'étais dehors. Nous nous amusions comme nous pouvions, de tout et de rien et de n'importe quoi. Quand je quittais la rue, c'était pour aider ma mère, c'était naturel puisque j'étais la plus grande, et ça me faisait plaisir aussi de m'occuper des plus petits. Je crois que je faisais tout ce que je pouvais.

Je ne me suis pas retournée. Je n'ai pas voulu les voir tous ensemble bien serrés autour de ma mère si fragile sur le seuil de la porte, inflexible pourtant, il fallait croire. Et puis aussi parce que les petits avaient déjà commencé à crier, les plus grands s'étaient mis à pleurer avant même qu'on sorte de la maison. Ils avaient compris que je partais, que je les quittais pour de bon.

C'est vrai, ma mère me l'avait assez dit et répété qu'il faudrait bien que je quitte la maison un jour. Quand et pour aller où, pour faire quoi, je n'en savais rien, bien sûr, et je ne m'en souciais pas trop non plus. J'essayais de ne pas y penser. Seulement je le savais. Depuis toujours. Nous étions huit enfants. Chaque soir, avant d'aller dormir, ma mère nous comptait un à un, avec les yeux seulement je me souviens, quelquefois même, ses soirs de fatigue peut-être, elle devait recommencer, elle n'avait pas trouvé le bon compte, sans doute. Au fur et à mesure qu'on allait devenir grands, chacun de nous devrait quitter la maison l'un après l'autre.

Le moment était venu pour moi et voilà qu'il prenait ma mère comme par surprise. En un sens même, plus que moi. Ce jour dont elle parlait si souvent, elle n'avait peut-être jamais pensé qu'il arriverait si tôt, et il était là en train de se faire de cette manière rapide, presque brutale. Brutal aussi dans la maison, tout cet arrivage d'argent. Si souvent j'avais entendu dire qu'on en manquait, qu'il nous avait toujours fait défaut. Alors il n'y eut aucune question, ils ne posèrent même pas de questions à l'étranger sur ce qu'il allait faire de moi. Tandis que tout m'a paru naturel à moi, à ce moment-là, et l'homme qui m'emportait avec lui, et l'accord muet des miens, mon père tête basse, l'humiliation sur son visage, j'ai réprimé un élan qui me poussait vers lui, et même l'accablement chez ma mère, c'était dans ses yeux, tout au fond. Rien ne fut dit mais j'avais tout compris. Et chacun savait ce que l'autre pensait.

Plus je m'éloignais d'eux, et plus je les entendais crier et gémir qui me poursuivaient et essayaient de me tirer des larmes, me faire perdre courage. Je sentais que je ne pourrais le supporter plus longtemps. Et l'envie d'en finir une fois pour toutes m'a prise alors. Je me suis mise à marcher très vite, l'homme aussi, qui maintenant serrait ma main un peu plus fort. Attirés par les cris, les gens étaient sortis sur le pas de leur porte, des gens aussi pauvres que nous. Ils nous regardaient passer, indifférents.

Je ne me suis pas retournée au coin de la rue, la limite qu'on ne m'avait jamais permis de dépasser, pour les voir une dernière fois. Je me suis mise à parler, à parler. De quoi, je ne sais pas. Peut-être bien que c'est à ce moment-là que je lui ai dit Maintenant que j'ai trouvé un ami... Maintenant... Je crois plutôt que je devais dire des choses qui n'avaient pas de sens. Mais il en fut ainsi. Je parlais. Je n'arrêtais pas de parler. Lui ne disait toujours rien.

Encore un moment et on allait y être enfin au tournant. Et arrivés là, on ne les a plus entendus. Alors l'idée que je m'en allais de par le monde avec tant de gens et de choses à voir et de pays à découvrir m'occupa toute, je crois bien.

Le chemin était long pour arriver aux remparts qui séparent la ville haute de la ville basse. Des rues de pauvres, en tout point pareilles à la nôtre, sans arbres, sans aucune plante aux fenêtres, pas de fleurs. Une fois pourtant, il m'était arrivé d'en trouver une parmi les décombres, une seule fleur, toute petite, qui avait poussé là, mes yeux n'y croyaient pas, c'était comme le miracle. J'en avais pris bien soin mais dès le lendemain, elle était déjà flétrie.

Il me tenait par la main le long des rues étroites et poussiéreuses, avec leurs maisons toujours les mêmes, des maisons de pauvres, en torchis et de guingois comme la nôtre, toute délabrée.

La nuit, à la saison des pluies, c'était à tout moment que ma mère devait se lever pour vider les cuvettes et les boîtes de conserve, essorer les chiffons. Et dans la profondeur de la nuit, je pouvais entendre la pluie tomber dans les récipients et rebondir, elle faisait plus de bruit qu'en frappant sur le sol. Je pouvais voir ma mère comme une ombre mouvante se déplaçant à travers la pièce pour trouver l'endroit où le récipient venait de déborder, voulant être partout à la fois. Et dès qu'elle entendait un des petits geindre ou tousser, elle le prenait dans son lit pour le garder bien au chaud. Le lendemain je pouvais la voir qui sommeillait toute droite, debout. La maison gardait l'odeur âcre et humide de moisissure jusqu'à la nouvelle saison des pluies. C'était toujours ainsi.

Il marchait lentement sur les pavés inégaux. Peut-être qu'il craignait d'être bousculé par les enfants qui remplissaient la rue, les mêmes toujours dehors avec leurs ballons, leurs batailles, hurlant comme des fous pour rien, juste pour faire du bruit en courant, alors qu'ils s'écartaient spontanément, levant vers nous leurs visages pâles et étonnés, un peu intimidés aussi, même si après notre passage ils haussaient les épaules et faisaient des grimaces. J'en étais sûre. Je suivais cet homme, ma main dans la sienne comme si j'avais été en train de dormir.

Juste comme on arrivait aux remparts, il y avait devant nous une calèche noire qui attendait là sur le bord de la route, contre la grande porte flanquée d'une tour et qui ouvrait sur la ville haute. Un homme était juché sur le siège avant, les rênes dans une main, la tête sur l'épaule, il avait l'air de sommeiller, son cheval aussi, dans la chaleur de midi. Pourtant il a sauté à terre dès qu'il nous a vus arriver.

Il m'a regardée avant d'ouvrir la portière, il avait l'air étonné, presque heureux, comme lorsqu'on retrouve un ami perdu de vue depuis longtemps. Ce n'était peut-être que cette sympathie spontanée qu'on a toujours pour quelqu'un qu'on sent aussi pauvre que vous.

Mais c'est maintenant seulement que je me dis tout ça parce que alors je n'y pensais pas du tout.

Et c'est là-dedans qu'on a traversé la ville haute.

La maison qui recule à mesure qu'elle s'en approche, la submerge dès qu'elle veut s'en éloigner...

Elle voudrait courir mais elle glisse, cherche à se rattraper à quelque chose, il n'y a rien là que du sable et quelques pierres confondus dans une sorte de brouillard livide où étincellent çà et là des points brillants, aveuglants, on dirait des éclats de verre.

La salle était grande, coupée par deux colonnes, il avait fait blanchir les murs à la chaux, les énormes poutres se fissuraient par endroits, le feu de bois brûlait toujours dans la cheminée même par les tièdes journées de printemps, entre les deux fenêtres profondément renfoncées dans les murs épais, les aiguilles dorées de la pendule ne battaient plus jamais le temps et devant la tapisserie il y avait une longue table noire, la fratina, sur laquelle ils prenaient leurs repas. C'est là aussi qu'elle avait appris à lire. Répète après moi, disait-il, le doigt sur les gros caractères du vieux livre aux dessins compliqués qu'elle n'arrivait pas à déchiffrer, lis encore une fois Il n'y avait alors ni jour ni nuit...

Loin, très loin, et pourtant encore là devant elle, la maison, et avec elle tout revient, jusqu'à l'odeur même de son enfance.

C'est l'heure où là-bas devant la maison, les volubilis se ferment lentement. C'est l'heure où les cyprès, à la fois plus proches et plus distants dans le jour qui s'en va, s'étirent de toutes leurs forces vers le ciel, désespérément, alors tout à coup en elle c'est comme un jaillissement d'herbe fraîche.

Ce fut la pitié en sa force première et comme en sa tragédie profonde qui allait la jeter dans ses bras, cette sympathie par laquelle s'échappe tout notre être, aussi vieille, aussi lointaine que l'enfance et qui est tout ensemble le désir de rien et le désir de tout.

Il était entré dans sa chambre, à la manière d'un somnambule comme si ses pas l'avaient porté jusque-là sans qu'il l'ait voulu ou même su, avec ce sourire qu'elle ne lui connaissait pas, un sourire un peu niais qui lui donnait un air jeune, et aussi étrangement démuni.

Figé là devant elle, il ne lui parlait pas,

ne la regardait pas non plus, un peu essoufflé comme s'il avait couru pour fuir une peur qui demeurait attachée à ses pas.

Et tout aurait pu s'arrêter sur cet instant, aurait dû s'arrêter là. Il n'avait rien désiré de plus, seulement être là. Il restait au milieu de la chambre, hagard, il était parvenu à la limite de ce qu'il pouvait faire, au-delà même de ce qu'il avait pu imaginer.

Il cligna des paupières comme ébloui par une lumière trop vive, et il la chercha des yeux, dépaysé à l'extrême, anéanti. Elle se tenait devant lui tout près et elle le regardait, avec timidité mais aussi avec un courage éperdu que seule peut donner la soumission entière ou mieux la résolution de prendre en charge un si grand désarroi.

Elle alla fermer les volets de sa chambre, comme pour cacher à la lumière du jour elle-même tant de douleur. Ou peut-être parce que la présence de son père à elle seule dans cette chambre où il n'entrait jamais lui semblait déjà l'aveu singulier, troublant, d'une peine trop vive, trop lourde à supporter. Peut-être pour ne plus voir ce sourire qui n'en était pas un, pour n'avoir plus à soutenir le regard vide de cet homme en dehors du monde, en dehors de toute vie, absent au point de ne même pas savoir qu'il était là, elle ferma les volets.

A moins que ce ne fût tout autre chose. Quelle antique et obscure prescience en elle l'avertissait déjà, quel instinct infaillible la guidait, elle venait de trouver là d'emblée le geste de toute femme, faire la nuit sur ce qui doit avoir lieu, ne peut pas ne pas avoir lieu. Cette chose obscure dont elle ignore le nom, dont elle ne soupçonne même pas l'existence. En elle — elle qui sait mais sans savoir pourtant —, quelle certitude déjà de l'inévitable faute et de la honte qui l'accompagne.

Et sans penser que le fait même qu'il soit son père rend impossible pour elle toute tentative de l'arracher à lui-même, tout espoir de le réconcilier avec lui-même, elle n'attend pas qu'il lui donne des raisons de sa présence là, et alors qu'il n'y a jamais eu entre eux, dans toutes ces années, ni le matin ni le soir, le moindre geste de tendresse même distrait, le plus petit signe d'affection fugitive, elle a vers lui cet élan spontané, naturel, d'autant plus passionné qu'il est retenu depuis l'enfance, elle se jette dans ses bras.

Se réfugiant tout contre son père, la tête dans le creux de son épaule, les bras autour de sa taille, elle reste ainsi un moment, puis, ivre de compassion et d'innocence, elle se sent la force d'apaiser ce corps d'homme, elle seule peut le faire, elle le sait, et naïvement elle essaie de suivre le rythme même de cette douleur dont elle ignore la cause, de l'accompagner au lieu de la contrarier.

Arrêtée là contre lui, ignorante et inculte, elle a pour son père la tendre sollicitude, la patience de la mère pour apaiser l'enfant et sa douleur obscure, dans ce rapport inversé où une femme à n'importe quel âge tout naturellement s'installe, mue par cette force mystérieuse, vieille comme le monde, qui la transforme en mère de celui ou de celle dont elle est l'enfant. Et inconsciente, si gauche et insensée qu'elle en est presque pathétique, pensant que c'est ce qu'il faut faire pour mettre fin à une telle détresse, pour combler ce vide, ce néant, elle commence maintenant à le bercer, répondant au simple désir de l'aider, et tout aussi fort au simple besoin d'être aidée.

— Non !

Mais ce non avait sonné moins comme un refus que comme la dénégation désespérée de son renoncement, c'était une plainte étranglée, sauvage.

— Tu es toute ma certitude.

Le retentissement de certains mots en nous longtemps après, quand justement on ne les entend plus, on les entend autrement, on les entend mieux.

Ils éclairaient pour elle maintenant ce qui n'était arrivé que des années plus tard, bien après.

— Tu es toute ma certitude.

La voix du père s'était faite soudain très basse, un peu rauque.

Est-ce que ce fut ce jour-là ?

C'était après la mort de Francesco. Elle était encore toute petite.

— J'ai quelque chose pour toi, avait dit Josefino.

Il riait.

— Je vais aller le chercher... Attends-moi là...

— Chercher quoi ?

— Tu vas voir.

Il continuait à rire.

— Ne bouge pas surtout, je vais revenir tout de suite.

Et il s'était éloigné.

Elle l'avait vu remonter l'allée au bout de quelques minutes. Un chien au long poil blanc le suivait. Il lui parut énorme, presque aussi haut qu'elle, et son premier mouvement fut de recul. Mais comme elle n'avait pas envie de s'en aller, elle demeura là, immobile sur le perron, exactement à l'endroit où Josefino l'avait quittée, jambes un peu molles, à regarder le chien qui s'approchait en secouant ses oreilles flottantes. Il avait l'air de galoper autour de Josefino qui boitait légèrement. Il semblait libre.

Quand il l'avait aperçue, il avait commencé à aboyer de toutes ses forces dans sa direction. Mais elle avait tenu bon. Elle était restée.

— On l'appelle Brisca... Il est brave, tu sais, et il ne te fera aucun mal, jamais. Tu peux en être sûre.

Josefino riait.

— C'est par fanfaronnade qu'il fait ça, tu sais, ne va pas croire que...

Le chien allait à droite à gauche comme un fou en poussant des cris aigus. Josefino lui parlait pour essayer de le calmer, il aboyait encore plus fort, mais sans s'approcher trop près. Il faisait un pas vers elle, hurlait, et tout aussitôt reculait.

— Tu ne vas pas me dire que tu as peur de lui, hein ?... C'est parce qu'il ne te connaît pas. Dans un moment, tu vas voir, il finira par s'arrêter tout seul.

Mais elle pensait, elle, qu'il ne s'arrêterait jamais.

Elle ne l'a pas regardé pendant plusieurs jours, pas une seule fois. Peut-être qu'il ne l'intéressait pas du tout, il l'agaçait le plus souvent. Dès qu'il l'apercevait, même de très loin, il se mettait à courir vers elle en aboyant. Le reste du temps, de la fenêtre, elle pouvait le voir aller et venir comme une âme en peine, il avait l'air d'avoir perdu quelque chose.

Puis il avait cessé d'aboyer. Il ne l'avait plus quittée des yeux, faisant un pas quand elle en faisait un, obstiné à suivre son rythme, lent ou rapide. Si elle s'arrêtait brusquement, il s'arrêtait aussi. Et là, il l'observait. Avec ses oreilles basses, la tête un peu de côté. Et même l'étoile noire entre ses yeux la fixait. Elle avait beau lui faire comprendre qu'il devait aller ailleurs, lui dire de ne pas rester ainsi à rôder autour d'elle tout le temps, c'était peine perdue. Elle le serrait dans ses bras pour l'éloigner, il ne bougeait pas du tout, elle le poussait, mais il était trop grand, trop lourd pour elle.

Alors elle réfléchit. Au fond mieux valait s'arranger de cette présence insolite, il n'y avait rien d'autre à faire. Elle se mit à genoux devant lui, le regardant de tout près, la tête du chien dans ses mains, si près du museau froid et humide que son nez le touchait. Elle pouvait voir dans les yeux marron foncé une petite lumière qui s'éteignait et se rallumait, et quelquefois même il y avait autre chose de plus, peut-être une image, peut-être une pensée ou un désir, elle se demandait quoi. Et un jour qu'ils étaient ainsi à se regarder les yeux dans les yeux, le chien l'avait fixée avec une force si grande, tant de passion qu'elle avait presque cru qu'il lui parlait.

Et de nouveau le souvenir ici, maintenant, de ces journées où il lui semblait ne pas toucher terre, marcher comme en rêve dans la campagne qui s'ouvrait lentement devant elle, le souvenir de ces années où elle flottait comme portée toujours par la même musique.

Tout était pourtant comme d'habitude, cet après-midi-là, tout était silencieux et tiède autour d'eux, presque tendre même. Ils allaient tous les deux l'un derrière l'autre dans l'allée, ils allaient sans but, elle devant, le chien sur ses talons.

C'est presque dans le même temps qu'elle entendit le hurlement du chien et le claquement sourd, et qu'elle vit le bâton s'agiter au bout du bras de son père, sans rien comprendre encore à ce qui arrivait, à la douleur, à la violence de ce qui avait lieu.

Elle ne l'avait pas vu venir par-derrière, ne l'avait pas entendu, le chien non plus sans doute puisqu'il avait continué à tourner autour d'elle après l'avoir mordue. Pourtant elle n'avait pas crié quand le chien s'était jeté sur elle, d'où les avait-il vus ?

— Non, pas ça !

Elle avait voulu le dire mais rien n'était sorti de sa bouche grande ouverte.

— Il n'est pas mort !

Elle allait le crier mais tout était déjà fini. Un coup sec, brutal sur la nuque du chien, elle n'avait pu voir à temps et c'était trop tard.

Elle restait sans bouger, la main crispée sur sa poitrine, dans la stupeur et pourtant toujours dans l'attente, attendant ce qu'elle savait impossible.

Elle supplia :

— Par pitié, pas ça !

Comme si ce qui venait d'être fait pouvait ne pas avoir été fait. Et elle regardait son père avec des yeux pleins d'un espoir fou, désespéré.

Il demanda :

— Tu as mal ?

Sa voix était sans timbre.

Simplement il se tenait là, hautain, sa silhouette floue dressée entre les troncs d'arbres, son bâton encore au bout des doigts. Et elle qui continuait à espérer, qui attendait avec la même obstination naïve et acharnée que ce qu'il venait de faire, tout aussi facilement il le défasse, comme on défait un nœud, qu'il annule son geste, elle s'attendait à remonter le temps.

Quelqu'un parlait, quelqu'un lui montrait le chien et lui disait que même pour un animal c'est grave de se laisser aller, de perdre son contrôle. Un chien doit défendre son maître et non l'attaquer. Il n'y avait plus rien à attendre de Brisca, il était pour ainsi dire perdu.

— Plus tard tu comprendras.

Mais ce n'était pas sa voix.

Quand elle se tourna de son côté de nouveau et qu'elle croisa son regard juste un instant, elle vit que les yeux de son père n'étaient plus pareils du tout, ils avaient quelque chose de dur et même de sauvage. L'angoisse l'avait serrée aussitôt. C'était la première fois que cet homme si doux se montrait violent. Elle ne connaissait que sa bonté, mais la violence... sa violence, elle ne la soupçonnait pas. La violence, ce jour-là, éclatait d'autant plus terrible et surprenante que la faute n'était pas si grave.

— Je veux que tu n'oublies jamais.

Elle s'est élancée dans l'allée, elle est venue s'accroupir près du chien.

Couché sur le flanc, les yeux grands ouverts, vides, les pattes de devant repliées, celles de derrière prises dans leur élan, il était raide mais chaud encore, presque prêt à bondir, et presque vivant sous la main blessée qui le caressait et laissait tomber des gouttes de sang sur le poil blanc.

— Il le fallait, tu sais.

Loin, très loin derrière elle, il y avait cette voix qu'elle ne reconnaissait toujours pas, jamais entendue encore et qui lui parvenait maintenant comme assourdie, étouffée.

— Viens !

Il y avait tout près, quelque part dans les branches, un oiseau ivre de joie, éperdu, il s'en allait puis revenait, son chant aussi, il y avait le frémissement léger, métallique des feuilles d'eucalyptus et une foule de petites fleurs multicolores sur le vert tendre de la pelouse que le printemps avait semées à tout vent, et au-dessus de tout cela un ciel bleu comme aux jours les plus heureux, il y avait le soleil parfaitement indifférent, il faisait bouger les ombres dans l'allée couverte de fleurs d'acacias qui voletaient partout.

Elle l'entendit à peine.

— Allons, viens !

Chaque fleur, chaque brin d'herbe là si distincts, surgissant comme s'ils naissaient devant elle.

Elle a tendu les bras en avant. Mais tout s'est mis à tanguer. L'allée sous ses genoux s'est ouverte. Insensiblement la terre s'est soulevée.

Le monde soudain désaccordé dans la lumière du jour qui devenait toute noire, le temps s'est ralenti, a commencé à fondre.

Il avait dû la porter dans ses bras pour l'allonger sur le lit. Elle se souvient du retour à la vie, de ce réveil lent et plein de douceur malgré la souffrance, elle revoit son père, il avait nettoyé la plaie de sa main, et lui passait sur le front un linge humide et tiède qui sentait bon la menthe.

— Tu es toute ma certitude.

Le jour finissant, la lumière était belle qui les illuminait tous les deux dans le silence, les bruits amortis alentour, et au plafond l'ombre des feuilles du magnolia remuait faiblement. De cet homme qui était son père lui venait la paix, et elle avait la certitude de la lui donner en retour. Elle comme s'élançant au-devant de lui, et lui au-devant d'elle, sans paroles, sans plus de geste, il y eut ce jour-là entre eux une entente profonde et juste.

Et peut-être a-t-elle su alors que son

désir toujours le même, avoir son père tout près d'elle, est enfin comblé, et lui, a-t-il pressenti que l'élan mystérieux et secret qui le porte vers elle n'est que le prélude à leurs étranges noces, que l'impulsion retenue ce jour-là préfigure l'accord interdit.

Ses yeux sombres et lumineux, leur éclat dure encore bien que depuis longtemps ils ne soient plus devant elle, ne s'ouvrent plus sur rien, morts comme ce printemps même.

Et morte est la voix qui lui disait :

— Tu es toute ma certitude.

Oh ! Francesco, nous n'en finissions pas !

Que cherchait-on tous les deux avec cette obstination forcenée, quelle angoisse à dissiper déjà ou alors quelle angoisse à faire naître dans ce qui pourtant au départ n'avait été qu'un jeu, compter les cyprès de Castelvecchio.

Immobiles l'un contre l'autre sous le soleil comme une marée montante, on les comptait. Sans jamais arriver à tomber sur le même nombre. Et plus on mettait d'acharnement, plus on s'appliquait à les compter un à un, plus ils avaient l'air de vouloir se mélanger, les derniers se mettaient à fondre chaque fois, la lumière nous brouillait la vue tant et si bien qu'on ne voyait plus qu'une masse uniforme et mouvante.

— Ils ne vont pas s'envoler, répétait Madalena, qu'est-ce que vous croyez ? Ils sont là pour longtemps, allez, ils sont là pour toujours. Comme la maison, comme le ciel, la terre. Nous, on sera tous dessous alors qu'eux, là-haut, ils resteront fidèles au poste, toujours bien droits et toujours bien vivants.

Parfois quelques-uns se rassemblaient, montaient tous ensemble en une grande flamme noire. On se frottait les yeux et on recommençait tout aussitôt. Pendant un moment, ça faisait des petits ronds jaunes, rouges et bleus qui dansaient sur les cyprès.

Après on commençait à rêver. On inventait. Tout ce qu'on découvrirait de là-haut si une seule fois on pouvait y arriver à ce balcon en plein ciel. Oui, on les avait toutes, les audaces ; on tendrait une corde entre deux cyprès, et on se balancerait là dans tout ce bleu si bleu, et on enverrait des coups de pied dans la lune aussi facilement que dans un ballon, et toute la nuit on se balancerait...

On se disait bien quand même qu'il faudrait attendre pour qu'ils nous laissent partir, attendre longtemps avant d'être grands. Et puis on finissait par craindre que ça ne reste impossible d'arriver jusque-là. De cela, je sais, on était sûrs, mais pour le moment, ils nous laissaient rêver.

— Que diable, répétait Madalena, si

vous vous remplissiez les yeux d'autre chose !...

Quand on se relevait de parmi les fougères, vacillants, c'est tout juste si on avait la force de se tenir debout. Ça nous menait si tard parfois que nos jambes avaient peine à nous porter, épuisés jusqu'à la maison, la tête nous bourdonnait un peu.

Oh ! Francesco, que le monde était beau dans le mouvement incessant de la lumière, et en nous ce remuement doux, cette tendresse pour toute chose ici-bas. Blottis l'un contre l'autre dans l'odeur âcre des poivriers et de la menthe sauvage, nous deux devenus cyprès, nous élançant, nous envolant avec eux dans l'incandescence du jour. Et parfois dans tout ce bleu planait un aigle comme seulement balancé par la brise.

Sans toi, il n'y avait plus de cyprès, je ne regardais plus du côté de Castelvecchio, je ne voulais plus les voir. Pour fermer les volets de ma chambre qui donnaient sur la montagne, je m'arrangeais pour que mes yeux ne les rencontrent pas. Il n'y avait plus personne désormais pour les regarder, ils ne servaient à rien, ils n'avaient jamais dû exister.

— Je vous ai cherchés partout. Où étiez-vous donc passés ?

Elle n'allait plus le demander, Madalena. Plus jamais.

Sans un mot, sans un signe, ils s'étaient remis en marche d'un commun accord après la halte, et ils allaient du même pas lent et régulier, comme mus tous les deux par une mécanique, lui paraissant flotter plutôt que marcher, elle comme toute jetée en avant, ne se demandant même plus, tant il y avait de jours sans doute, de mois peut-être, qu'ils allaient ainsi l'un devant l'autre ou l'un à côté de l'autre, les yeux mi-clos dans la solitude et la torpeur, à quelle logique, à quel plan cet homme obéissait, tournant indéfiniment dans un cercle qui n'aurait eu aucune issue, ainsi qu'on tourne autour d'un stūpa, cherchant quoi, elle ne savait, dont l'essentiel était peut-être simplement d'être en chemin.

Puis l'aube était montée lentement au-dessus de Castelvecchio, vacillante comme chaque matin. Une lumière d'un gris blafard l'avait éclairé et derrière lui, le Christ en croix. La cloche des Franciscains avait tinté faiblement peu après comme essoufflée d'avoir escaladé les collines. Un coq chanta dans le lointain.

Ce qui s'était passé alors, il n'en sait plus rien, rien du tout. Il avait la bouche aussi sèche que celle d'un poisson qu'on aurait jeté sur le sable. Ses jambes avaient commencé à céder. La lampe lui était tombée des mains, et Madalena l'avait ramassée. C'est en tombant qu'elle s'était éteinte.

Tout était fini, et pourtant ils restaient là dans le faux jour du petit matin. Il se répétait que ce n'était pas vrai, que ce n'était pas arrivé vraiment. Mais près de lui, il y avait toujours la petite par terre, pliée en deux, et Madalena toujours à genoux, les bras en croix. Lui, il restait là, sans bouger, et il ne disait rien, ne faisait rien que regarder le corps qui semblait grandir sous ses yeux à mesure que la lumière devenait plus vive. Tout s'était arrêté autour de lui, le monde, la vie, le temps. C'est alors qu'au plus fort de sa peur, il avait connu cela, on a beau être encore vivant, on sait qu'au-dedans tout est mort.

— Quand il a fallu que je le tire de là-haut, ce fut plus terrible encore que de le porter en terre. J'essayais tant et plus de rassembler mes forces. J'ai dû m'y prendre à plusieurs fois.

Il a encore les yeux pleins d'épouvante. Il continue à faire rouler son chapeau de paille entre ses doigts. Ainsi faisait-il peut-être chaque matin devant son maître quand il attendait les ordres.

— Et aussi, c'est que je ne savais comment m'y prendre, dit-il d'une voix sourde, un peu rapide. Il n'y avait plus que de la nuit dans ma tête.

Il jette sur la porte un coup d'œil inquiet, comme si elle pouvait s'ouvrir brusquement.

— Il était déjà froid. Mes mains tout à coup sont devenues inertes, elles se refusaient à tout, elles ne me répondaient plus.

Il fait le tour de la table, il est lent, massif, il s'approche d'elle, traînant le pas.

— Avec en moi cette chose qui ne me lâchait pas. Ma peur. Et de la savoir toujours là, la petite, ça m'enlevait mon courage, le peu de forces que j'avais. C'est à elle que je pensais tout le temps.

Il se tait.

— Et pourtant, il fallait le tirer de là-haut. Et c'était à moi de le faire. C'était mon devoir. Je disais à Madalena Je ne pourrai pas. Je suis comme paralysé. Je lui disais que je n'y arriverais jamais. Mais elle répétait Il faut faire ce qu'il faut.

Alors elle avait essayé de mettre la petite debout, elle l'avait prise par les épaules pour l'entraîner hors de la pièce. Mais son corps frêle était tout raide, il avait le poids d'un corps mort. Aussi lourd. Pire même, comme s'il était devenu un bloc de pierre.

Il baisse la voix pour répéter qu'il ne savait comment faire, et que pourtant... Les heures passaient, la pleine lumière l'éclairait brutalement, on ne pouvait indéfiniment le laisser là.

— Et la veille ? demande-t-elle.

— La veille...

— Oui, la veille de ce matin-là. Vous

n'avez rien vu... il était comme tous les autres jours ?

Il hésite, secoue la tête.

— Il n'a rien fait qui aurait pu vous paraître... il ne s'est rien passé ?

— Rien. Non, rien, je vous assure.

Il regarde dehors, silencieux, il semble réfléchir un moment.

— Sinon que peut-être... Cette histoire d'orge, oui...

A dire vrai, il ne s'était rien passé, rien qui fût réellement un fait, mais quelque chose dans tout ça l'avait inquiété pourtant. Et même continuait encore à l'inquiéter.

Il tourne la tête pour s'assurer une fois de plus que personne n'est entré.

— Parce que depuis j'ai oublié. Mais peut-être que j'ai voulu tout oublier...

Il a maintenant l'air d'attendre d'elle un mot de sympathie, un signe de compassion, à moins que ce ne soit de pardon, mais quel pardon ? On dirait qu'il va se mettre à pleurer. Mais il fait de nouveau le tour de la table et se tient en face d'elle, il redresse un peu son dos voûté.

— Il ne s'est rien passé si on veut, et pourtant on ne peut pas faire comme si c'était rien.

Cette histoire d'orge. Il s'en souvient, oui... Il se demande s'il n'y avait pas quelque chose à comprendre, quelque chose qu'il n'avait pas compris dans cette histoire, insensée, il faut bien le dire, mais qui peut-être devait tout de même avoir un sens. Parce que justement ça n'avait pas de sens. Sinon pourquoi se serait-il empressé de tout raconter à Madalena...

Elle s'était mise à rire pour de bon. Mais qu'est-ce que tu peux bien imaginer, mon pauvre Josefino ! Tu vois bien qu'il n'y connaît rien. Te parler d'orge en cette saison-ci où il sort à peine de la terre... Si tu crois que Monsieur a la tête à l'orge !... Il a dit ça comme ça, c'est tout.

Mais qui peut savoir pourtant ce qui était en train de commencer, en train de prendre forme dans le moment même où il lui parlait d'orge avec cette voix... Cette voix qui s'éloignait, qui s'en allait. Peut-être que c'était une sorte d'appel au secours qu'il lui lançait...

— Qui peut savoir ?

— Ne croyez pas ça, Josefino.

Elle a l'air endormie ou de prêter l'oreille à une rumeur lointaine.

— Et alors ? demande-t-elle mollement en se tournant vers lui.

— Je n'ai rien trouvé à lui répondre. Comme d'habitude, moi, je n'ai rien dit.

— Mais vous ne pouviez rien lui dire, dit-elle tranquillement.

— Rien... murmure-t-il. Je sais.

Pendant de longues minutes, il garde le silence. Ses yeux ont maintenant ce qu'on voit souvent dans les yeux des chiens, et leur vide immense, leur immense mélancolie.

— Je veux dire que ce n'est pas tellement cela... Ce n'est pas tellement autre chose non plus.

— Ne vous mettez donc pas dans cet état, Josefino, dit-elle d'une voix calme, neutre. Vous n'y êtes pour rien.

— Qui peut le dire ?

Il est là qui cherche, qui veut obstinément trouver, dans cette histoire insensée et banale, le point de départ ou plus exactement le germe de ce qu'il faut bien appeler l'acte d'un dément, il se demande ce qui serait arrivé s'il le lui avait dit, que c'était fou, oui, fou de parler déjà d'orge en cette saison. C'était se mettre en dehors des choses et de la vie.

— Et j'ai beau me répéter Ce n'est pas ta faute, tu n'y pouvais rien... Je n'en suis jamais sûr. Peut-être qu'il suffisait d'un mot pour le tirer d'affaire, d'un seul mot. Ou d'être là tout simplement. C'est ce que je me répète, voyez-vous. Comment savoir ?

— On dit souvent n'importe quoi. Il

ne devait pas penser à l'orge, il pensait sans doute à autre chose.

— Justement... Il ne songeait peut-être pas à l'orge. Mais peut-être déjà à ça... à ce qu'il allait faire dans la nuit qui viendrait.

Il se frappe soudain la poitrine.

— Comment aurais-je pu... Comment deviner que c'était son dernier jour qu'il était en train de vivre ?

Maintenant c'est comme s'il comprenait tout. Il croyait n'avoir rien remarqué pendant qu'il lui parlait mais pourtant cette goutte d'eau qu'il avait vue luire ce matin-là dans ses yeux, sa voix éteinte, cette pâleur sur son visage, différente de celle que donne la fatigue et qui laissait croire que quelque chose le dévorait et en même temps l'écrasait, tout cela l'avait quand même frappé, il avait été soudain pris de court sans s'expliquer pourquoi.

— Peut-être qu'il savait déjà ce qui allait lui arriver... Et moi aussi, peut-être que j'avais pressenti...

Sa main couleur de terre ébauche un geste comme de fatalité.

— Il était mort, d'une certaine façon... Depuis longtemps, je crois bien... D'une si vieille mort, si ancienne pour ainsi dire.

Il la regarde droit dans les yeux, il la dévisage presque, comme tout surpris de la trouver là.

— C'est que si au début je pleurais tout le temps parce que je l'aimais, après je me suis mis à avoir peur. C'est ça le pire. Peur, à ne plus pouvoir dormir. Dans la journée, je fais tout de travers, il me semble, à en perdre le goût de l'ouvrage. Pourtant je continue à faire ce qu'il faut pour cette terre, pour que cette maison demeure. C'est que la terre est bonne ici.

Même les choses les plus simples, leurs jeux d'enfants, tout était déjà plein de cette menace, il lui paraît maintenant. Et il en est à se demander s'il l'a vraiment connu. C'était peut-être quelqu'un d'autre, celui qui avait été capable de ça, de ce geste aussi désespéré, aussi sauvage. Un étranger, en somme.

— Après tant d'années où je le voyais chaque jour, pensez, il a fallu attendre qu'il soit étendu sur un lit pour que je remarque la ligne blanche qui lui barrait la joue, cette cicatrice qu'il devait avoir depuis bien longtemps sans doute.

Les yeux enfoncés, presque cachés par les sourcils épais, il a ce regard anéanti d'un homme qui n'a pas dormi depuis longtemps.

— J'ai beau essayer de tout me rappeler... Mais c'est comme si rien ne tenait ensemble... C'est peut-être surtout à cause de cela que j'ai peur parfois... C'était lui mais pourtant non, ce n'était quand même pas lui.

— Je me demande s'il a mesuré la gravité de ce qu'il a fait.

Elle a quitté son air distant, lointain.

— Il n'en a peut-être pas eu le temps.

— Qu'est-ce qui peut conduire un homme à un désespoir aussi grand... Il a quand même fallu que quelque chose le pousse jusque-là... Ou peut-être quelqu'un.

Elle regarde alentour.

— Il avait pourtant tout pour être heureux.

— C'est le tourment, dit Josefino d'un ton résolu, définitif.

Elle le fixe avec une surprise non feinte.

— Quel tourment ?

— Le tourment... Comment vous l'expliquer, je n'ai pas d'instruction. Je ne pourrais pas vous faire comprendre, je n'ai pas les mots qu'il faut. Mais c'est le tourment quand même. C'est vrai. Comment appeler ça autrement ?

Il a le ton neutre, objectif de quelqu'un qui informe.

Pour en arriver là, il faut avoir l'âme dans le tourment, il en est sûr. Pour atteindre cet état où il devient plus facile de mourir, et même de cette manière-là, que de vivre, de continuer à vivre dans le tourment.

— Parce que je suis loin de penser qu'il voulait faire du mal. C'est un homme qui a toujours été bon, il ne devait même pas savoir ce qu'était la méchanceté.

Il s'arrête, il semble en proie à un malaise. La femme l'invite à s'asseoir. Il hésite, puis finit par se poser sur le bord de la chaise.

— Elevé depuis toujours dans de si belles manières, et s'en aller ainsi... On dit que c'est le seul péché que Dieu ne pardonne pas.

Obstiné et hésitant, il recommence à parler de cette chose vague, cachée dans un recoin obscur de la tête où naissent tous les tourments. Pourquoi est-ce que c'est impossible de la maintenir en repos, cette mécanique ? Parce que faire ou ne pas faire, à ce moment-là, c'est du pareil au même. On ne peut l'arrêter ou alors on arrête tout.

— Mais pour lui, ce fut pire encore... C'était comme s'il se forçait toujours à aller plus vite.

Il laisse son regard errer sur les murs, sur les objets familiers, et de nouveau l'envie d'expliquer le reprend.

L'âme, c'est comme le fond de l'étang, mieux vaut laisser l'eau tranquille, elle est sournoise, si soudain vous prend l'envie d'en déranger la surface, qui sait ce qu'on peut trouver dans le remuement de la vase...

— Et il y a aussi les livres.

Pendant un instant il garde les yeux à demi fermés. Il a l'air d'être tombé dans un état d'épuisement où c'est non seulement la tête, mais le corps lui-même qui n'en peut plus. Ses mains brûlées de soleil serrent sur ses genoux son chapeau de paille, comme s'y accrochant.

— Ce sont les livres qui veulent ça, murmure-t-il.

Il relève la tête, et tout gêné la regarde, comme s'il venait de dire quelque chose de maladroit ou de déplacé. Il se reprend alors.

— Ce qu'il y a dedans.

Avec toujours la même expression d'étonnement et de malaise.

— Et d'être resté solitaire, sa vie durant, avec les livres. Surtout depuis qu'il était revenu de son long voyage.

Il examine la salle une fois encore, il tend l'oreille comme s'il entendait des pas s'approcher, ses yeux inquiets restent fixés sur la porte fermée.

Elle a suivi son regard.

— Mais il l'aimait.

Josefino sursaute.

— Qui… Qui donc ?
— Sa fille. Il l'aimait ?
Cette fois c'est bien une question.
Il ne répond pas tout de suite. Il tousse pour s'éclaircir la voix.
— Comment pourrait-on ne pas l'aimer ? murmure-t-il.

En marche tous les deux depuis l'aube, découvrant, à mesure que le soleil s'alourdit, un paysage toujours un peu plus désolé et d'un point à l'autre du ciel sans contours le silence que jamais ne trouble un chant d'oiseau, une voix humaine ou un cri d'animal, le vide, l'étendue plate d'une nudité angoissante, aucun arbre, pas le moindre filet d'eau, pas une maison.

C'est l'heure où là-bas le ciel est d'un bleu si tendre parfois, la lumière si douce et si dorée que la campagne s'étire d'aise, de bonheur plein. Dans la cour devant la cuisine, la corde grinçait lorsque Josefino tirait l'eau du puits à l'ombre du figuier. Au-dessus de la courbe des collines cendrées de rose, les lignes noires des cyprès faisaient le ciel plus lumineux encore, et du plus profond de la terre montait alors un air mélancolique comme une cantilène.

Il n'était plus jamais revenu.

Chaque jour ils avaient attendu son retour et bientôt toute une histoire s'était faite autour de lui, de son visage dont les yeux reflétaient tant de malheur.

Il n'était pas entré dans la maison. A genoux sur le perron, il leur avait tendu son petit tableau. Ils avaient tous les trois baisé l'image, Dieu, la Vierge, un saint, elle ne savait lequel, elle ne s'en souvenait pas, ni de l'homme non plus. Seulement de sa robe de bure, de la musette de toile qui pendait à son épaule. Et de l'odeur de foin, âcre et forte, que Josefino venait de couper.

Son père était alors sorti sur le seuil, il n'avait pas fait comme eux, n'avait pas baisé l'image que l'homme lui tendait. Il s'était contenté de dire à Madalena qu'elle donne à manger à l'homme, mais d'un mouvement de tête l'homme avait refusé.

Puis le père avait proposé de l'argent et l'homme avait encore refusé. Alors Madalena avait glissé du pain et du fromage dans son sac, et là il avait paru content d'accepter.

En partant il avait laissé derrière lui en eux une vague inquiétude et aussi une étrange sérénité qu'elle n'aurait pu expliquer, et à partir de là elle s'était inventé une vie faite de misère et de solitude, une vraie fable qui tout à la fois l'exaltait et la terrifiait.

C'était toujours ainsi. Le jour passait pareil à tous les autres. Jusqu'à ce matin-là où apparut ce qui devait être un signe et qui me fit bondir hors de la maison. La pluie tombait si fort qu'un voile noir, uniforme, enveloppait les cyprès confondus, il faisait comme un catafalque au sommet de la montagne, et ça, tous les deux, jamais on ne l'avait vu.

Madalena criait :

— Où donc vas-tu à cette heure, par cette averse ?

J'allais à ta rencontre sous la pluie, je dévalais le chemin d'un seul trait, sans reprendre haleine, tout éclaboussée de boue par les flaques d'eau sur mon passage.

Madalena criait :

— Reviens, Anna Livia !

Je courais le long du raccourci qui

descendait aux communs, je riais, les yeux pleins de pluie et ne voyant plus rien.

— Francesco !

Je criais, et j'entendais les cris de Madalena :

— Via...Na...Via...

Mais je criais plus fort qu'elle.

— Francesco ! Francesco !

On criait si fort dans le petit matin qu'on allait finir par voir mon père sortir de sa chambre. Pourtant on ne pouvait pas faire autrement, et nos deux noms, à toi et à moi, se mêlaient.

— Viens voir, Francesco, viens vite !

J'ai crié devant ta porte.

Personne ne répondit.

J'ai pensé alors que le bruit de la pluie qui tombait avec tant de violence t'empêchait de m'entendre. Et aussi cet arbre tout près, ployé, qui craquait dans le tumulte. J'étais pour t'appeler encore... Ou peut-être, oui peut-être que je savais déjà que je ne pouvais plus rien, qu'il n'y avait plus personne à appeler.

Je me suis approchée de la fenêtre, et dans la vitre ternie, j'ai vu s'encadrer un visage que j'ai regardé avec peur sans me rendre compte tout de suite que cette image reflétée était la mienne. Il me sembla voir à l'intérieur de la pièce une lueur jaune et tremblante, comme celle d'une bougie allumée. Et que passait lentement une ombre. Il me sembla entendre un bruit de pas qui approchaient du seuil. Et de nouveau je revins devant la porte. J'aurais voulu faire quelque chose mais je ne savais pas quoi, sans pouvoir appeler, sans pouvoir m'en aller, je restais là à marteler le sol sous les trombes d'eau qui se déversaient du toit.

Et avant même qu'il arrive à la porte, tout à coup avant de l'avoir vu, mon cœur s'est dévidé d'un seul coup, la toupie qu'on lâche ne va pas plus vite. Et aussi vite que c'était parti, c'est revenu, j'ai pu crier ton nom de toutes mes forces, et j'ai cogné à ta porte dans un élan fait de colère et de désespoir qui tout à la fois me donnait du courage et me clouait là.

Personne n'ouvrit.

C'est sans bruit que la porte s'était ouverte comme si elle avait tourné toute seule.

Devant moi, la tête appuyée contre le linteau, brusquement Josefino apparut, qui semblait vouloir barrer l'entrée de sa maison.

Je n'ai rien demandé à Josefino, je ne me suis pas avancée vers lui, et il ne m'a rien dit. Je suis restée là pendant qu'il refermait la porte sans bruit, il m'a laissée là sous la pluie.

Madalena qui ne savait rien, qui ne pouvait rien savoir, continuait là-haut chez nous à frotter le carrelage de la grande salle.

Le lendemain j'ai vu Francesco allongé dans son petit costume bleu marine, j'ai vu ses yeux fermés, son oreille nacrée un peu bleue. Il avait un crucifix sur sa poitrine. La flamme de la chandelle tremblait sur son visage, l'animait. La chambre sentait fort l'huile et la bougie. Josefino était devenu tout vieux, dans son costume fripé. Madalena n'avait pas encore compris. J'étais à genoux tout contre le lit de Francesco, mon père se tenait debout derrière moi.

Des jours, des nuits, à toutes les heures, elle le cherchait à travers la campagne, comme s'il avait pu s'y cacher ou s'y perdre. Francesco ! Francesco ! Ses appels ressemblaient aux cris insupportables des animaux, quand ils ont mal en dedans. Puis on ne l'a plus entendue, et quand elle ouvrait la bouche, Madalena, la voix ne sortait pas.

Assise sur la margelle du puits devant la cuisine, elle égrenait sans fin entre ses doigts un chapelet invisible, et il n'y avait plus dans son visage aux traits immobiles que le noir de ses yeux comme teintés d'encre. Ce noir qui criait au milieu du silence sa solitude et son malheur. Et en moi, ces sanglots qui ne voulaient pas sortir, ce mouvement qui me poussait vers elle, mon envie de passer ma main sur sa joue et, tout aussi fort, le désir que j'avais de ne plus voir Madalena, de m'enfuir au loin.

Elle me regardait parfois comme si elle voulait me dire quelque chose, avec ses yeux seulement, et tout à coup une petite goutte d'eau apparaissait dans le creux des orbites et roulait là sans tomber. J'aurais voulu me sauver.

Mais ce n'était rien encore à côté de ma panique, certains jours, quand je voyais Madalena posée sur la margelle du puits, aussi inerte qu'une chose que quelqu'un aurait oubliée là.

Il y avait cet après-midi-là une tendresse si grande sur le visage de son père qu'elle semblait se refléter partout sur le paysage. Il y avait déjà de l'été dans le printemps, et comme la menace de la fin dans ce commencement.

C'était une de ces journées où là-bas la lumière devient tellement délicate et fragile qu'elle fait trembler les coteaux bleus du Verdigliano, le temps si uniformément paisible qu'on pourrait croire à un autre monde.

Assise en face de lui, elle l'écoute, avec passion et avec un air indifférent aussi, comme si ce qu'il disait ne la concernait pas, et même ne le concernait pas lui non plus.

Il parlait d'un autre temps, d'une autre vie. Elle écoutait l'histoire sans comprendre, si toutefois on pouvait appeler histoire ce qui était plutôt prière, incantation, écoutant, mais le sens profond n'était jamais dans les mots, seulement dans la voix. Reliée fortement à cette mélodie dont la note fondamentale disait le détachement, l'oubli et qui parfois la conduisait tout doucement et comme malgré elle dans le mystère des choses.

Peut-être que ce qu'il poursuivait obstinément n'existait nulle part, peut-être que ce dont il croyait se souvenir, il l'avait lu dans les livres et ne l'avait jamais vu, jamais vécu.

Il parle d'une voix lente, comme à regret, regardant devant lui avec cette même incrédulité, cette même lassitude que tout à l'heure, peut-être la fatigue anticipée de ce qu'il voudrait dire, il semble épuisé comme quelqu'un qui revient d'un très long voyage.

Son geste est maladroit quand il prend

la statuette sur la petite table placée à sa gauche, il regarde la pierre, la tourne et la retourne dans ses mains, en palpe avec soin toutes les aspérités.

Enfant elle l'écoutait déjà de cette façon presque pathétique, dans un accord profond, intime avec la nostalgie de sa voix, quand il lui apprenait à lire ou qu'il se mettait à raconter :

— Ecoute, Anna Livia, écoute cette légende.

Elle écoutait.

Et entendant son père il lui semblait que déjà elle était passée par là, qu'elle connaissait depuis longtemps ce pays dont elle ignorait le nom, ce n'était pas une chose à découvrir, et sur ces chemins de sable elle avançait, elle traversait un pays dans un temps hors du temps, se prenant à rêver du jour où le jour ne serait plus.

Un oiseau est entré avec un petit cri affolé, il fait le tour de la salle comme pour reconnaître les lieux, se pose un instant sur le seuil puis s'élève vers l'olivier le plus proche où il disparaît dans un bruissement de feuilles.

Le soleil a déjà tourné et la branche de magnolia immobile a cessé de jouer avec la brise.

Il parle, à la fois absent et résolu, avec une sorte de passion proche du ressentiment, comme s'il voulait tirer au clair devant Anna Livia ce qui restait confus pour lui-même. Il s'est un peu penché en avant, hochant la tête comme pris malgré lui par une mélodie lancinante. Ou peut-être que ce mouvement machinal, répété, l'aide à penser, à se souvenir. Il s'arrête de temps à autre, parfois même au milieu d'une phrase, et regarde le sol avec l'étonnement de celui qui tout à coup le découvrirait, n'aurait jamais remarqué ces reflets menaçants, ces endroits cabossés qui rendent un éclat froid et dans le soleil font penser à des regards glacés.

Depuis toujours chaque matin Madalena lavait les dalles de marbre au savon noir, elle se mettait à genoux et brossait le sol avec rage parfois quand elle n'arrivait pas à en avoir raison, luttant avec toute son énergie pour le rendre encore plus brillant.

Quand elle parvenait sur la dalle un peu déclive et fendue en son milieu, sa main se faisait toute douce, pleine de sollicitude, elle hochait la tête, et c'était comme sur une partie malade, une plaie, qu'elle passait très lentement son chiffon.

— Je le connais bien à force, je sais au premier coup d'œil le matin ce qu'il veut que je fasse et de quoi il a besoin.

Tous les pieds qui l'ont foulé, les pieds de tant de générations lui ont donné ce brillant mat, cet aspect vivant, presque parlant, presque humain.

— C'est que lui aussi, marmonnait-elle, il commence à se faire vieux, depuis le temps. C'est l'usure. Ça n'épargne personne, même pas le marbre.

Du même air de lassitude hébétée, il regarde de nouveau les dalles, on dirait qu'il tire de ce sol aussi bien de la force, de l'énergie et une mélancolie toujours plus grande.

Quand il relève la tête, c'est avec une sorte de stupeur qu'il retrouve devant lui Anna Livia, son visage attentif et rêveur, Anna Livia qui regarde au loin dans l'encadrement de la porte et ne dit jamais rien.

— Anna Livia...

Il a ébauché un geste dans sa direction,

un geste rapide qu'il reprend aussitôt, comme gêné.

Ce n'est pas ce mouvement vers elle, ce n'est même pas sa voix quand il lui dit Ecoute, qui donne la mesure de son émotion, de son trouble, c'est dans les yeux, comme venu du plus profond de ses yeux sombres, une sorte d'élan vite maîtrisé, annulé.

Puis la nuit est descendue tout doucement comme chaque soir, sans faire de bruit, à son habitude Castelvecchio a retenu la traînée lumineuse qui s'attarde toujours après le couchant, ce petit reste de soleil qui ne se résigne pas à quitter la montagne et met si longtemps à s'en aller.

Ecoute, Anna Livia...

Ecoute le bruit sourd des roues de la charrette quand Josefino l'a porté en terre.

Ce cri qu'on ne pousse qu'une fois.

J'ai dû hurler très fort puisqu'ils ont pu m'entendre des communs et que Josefino et Madalena sont montés aussitôt, autrement pourquoi se seraient-ils trouvés là avant le jour, lui les cheveux ébouriffés, les yeux encore pleins de sommeil, la bouche ouverte, grognant comme un chien qu'on importune.

L'aube qui montait lentement au fond de l'ombre de la chambre allait tout faire sombrer, présent et passé dans le noir absolu, et je me suis éveillée dans le temps d'aujourd'hui.

Non, je n'ai pas pleuré. Je n'ai pas prié.

Infiniment douce sa voix me revenait :

— Alors il n'y avait ni avant ni après, ni jour ni nuit, ni vie ni mort.

Il était étendu sur le lit, comme dormant, la paix enfin sur son visage.

Dans le ruissellement de la lumière, ces vieux et sombres personnages contre le ciel pâle, chacun tout seul et sans espoir de jamais rejoindre les autres dans leur solitude.

Ce n'était pas au hasard ou au caprice que les cyprès faisaient songer mais à une volonté d'achever en beauté un ensemble qui aurait pu souffrir de leur absence — aussi nécessaires que la frise au fronton d'un palais. Ils forçaient le voyageur à penser à celui qui avait laissé là sur ce sommet une trace de son passage, comme d'autres plantent un drapeau ou une croix dans un désir naïf d'immortalité. Mais peut-être cet homme avait-il voulu se servir d'eux comme d'un lien éternel, d'un gage de sympathie durable entre les deux versants de Castelvecchio, le spectacle sur les cyprès étant le même de l'autre côté de la montagne.

— C'est pourtant un homme qui a fait ça, non ?

— Qu'est-ce que tu veux dire ?

— On voudrait savoir, répétait Francesco.

Mais Madalena se taisait.

Pendant un bon bout de temps, elle resta là, à regarder comme si elle contemplait la campagne puis :

— Il n'y a rien à savoir, je vous l'ai dit combien de fois déjà ?

— Mais... Ils n'ont quand même pas pu pousser tout seuls, Mamma.

— Et pourquoi non ?

De la main, elle montrait la campagne alentour.

— Regarde, il y en a partout... Comme de la mauvaise graine.

Elle était là devant nous, les dents plantées dans ses lèvres gonflées qui surprenaient dans un visage aussi mince, les yeux vifs, inquiets, ailleurs.

— Mais enfin, enfin... Est-ce que ça a un sens de tant vous user les yeux sur des cyprès, je vous demande.

Alors j'avais dit :

— C'est que les autres sont mis n'importe comment, ici et là. Tandis que ceux-là, ils sont sur une seule ligne, bien rangés, vous voyez, à la queue leu leu.

— Eh ! Les pétales de fleurs, eux aussi sont bien ajustés, et alors ? dit-elle avec vivacité. Pensez un peu à tout ce que Dieu peut faire, pensez... C'est qu'il sait nous surprendre quelquefois...

Mais comme ça n'avait pas l'air de marcher, elle nous regardait, toute bizarre, mécontente de son explication, et elle se taisait à nouveau.

Francesco s'enhardit :

— Il faut que ce soit quelqu'un. Ça doit être un homme.

— Il y en a partout. Comme les morts, murmura Madalena.

— C'est quelqu'un, dit Francesco buté.

Madalena ramena sur nous ses yeux d'eau profonde. Elle était offusquée cette fois, et elle cria presque :

— Mais qui vous dit le contraire ?

Et moi j'ai demandé :

— Et c'est qui donc alors ?

Elle ne répondait plus, comme quelqu'un dans ses pensées.

— J'ai quelquefois songé...

Elle hésite.

— Un moine peut-être, dit-elle enfin comme à regret.

— Un moine ? C'est vrai ?

— Je n'en sais rien. J'ai dit peut-être.

— Un moine, cria Francesco... Mais alors si c'est un moine, Mamma...

— Oui, une façon à eux de rendre grâce à Dieu et à sa gloire... Une manière de dévotion si tu veux...

C'est avec prudence qu'elle s'avançait.

— Et Dieu, on doit dire...

Elle se tut un moment, de nouveau elle semblait réfléchir. Puis sur un ton résolu :

— Tâchez donc de penser à autre chose, vous deux, et puis vous me faites perdre mon temps à la fin.

Mais elle restait là, visiblement elle continuait à chercher. Et un jour, elle s'était mise à parler tout bas, comme à elle-même.

— Un arbre qui ne produit rien, il ne fait même pas d'ombre où on peut se reposer. Qui n'est utile à rien en somme. Tout juste bon à tenir compagnie aux morts, et encore...

Lentement elle hocha la tête.

— A moins, commence-t-elle tout haut, à moins que Dieu ne les ait mis là pour nous rappeler qu'il faut prier pendant qu'il est temps encore. Qui sait ?

Elle haussa les épaules, elle semblait soudain lasse.

— Plus on réfléchit et moins on trouve.

C'est comme ça. Que voulez-vous que je vous dise ?

— Mais alors si c'est un moine, Mamma...

— Et pourquoi non ?

Elle hésite encore. Elle le dit quand même :

— Ils ne font rien comme tout le monde. Allez donc savoir ce qui a pu se passer !

Là j'avais demandé :

— C'est peut-être celui qui est venu un matin ?

Elle me regardait avec surprise.

— Qui est venu ? De qui donc parles-tu ?

— Il y a longtemps mais je m'en souviens.

— Oui, Mamma, celui qui se tenait là, à genoux sur les marches, avec son image sainte dans les mains.

— Ah ! Celui qui expie, vous voulez dire ?

— Qu'est-ce que c'est, expier ?

— Sûrement il faut avoir fait quelque chose de mal pour aller ainsi de porte en porte, et se forcer à mendier par mesure de pénitence.

— Et d'où était-il ?

— Ça, je ne pourrai pas vous le dire. Je n'ai jamais entendu le son de sa voix.

— Peut-être qu'on ne le reverra jamais plus.

— C'est vrai, oui, on ne l'a pas vu depuis très longtemps. Il avait l'habitude de passer à peu près à pareille époque. Il était déjà vieux... Peut-être qu'il est mort...

— Et alors à force de marcher et de marcher, il est arrivé jusque là-haut, dit Francesco dans une sorte d'exaltation.

— Mais qu'est-ce que tu racontes ? Ils doivent être là-haut depuis que le monde est monde !... Ce sera tout pour aujourd'hui, et laissez-moi travailler, maintenant.

Au bout d'un long moment elle entrait dans la cuisine où on la suivait. Elle posait sur la table ses grandes mains, et elle fermait les yeux. Nous deux, on savait bien alors qu'il fallait la laisser tranquille, seule avec elle-même, parce que cette fois, on le voyait qu'elle était lasse.

Et ainsi chaque après-midi, autour de la table, dans un silence immobile, retenant même notre respiration, on guettait les paupières de Madalena, le moment où elles reprendraient vie. Et tout aussitôt l'un de nous deux invariablement recommençait.

— Peut-être que c'est pour soutenir le ciel, Mamma.

— Comme tu y vas !

— Eh oui, Madalena, de peur qu'il ne tombe sur nous !

— Il ne risque pas, allez ! Il est bien tendu.

Elle s'était mise à rire pour de bon.

— C'est que vous me faites perdre courage à la fin.

Par la porte d'entrée de la cuisine, on ne voyait plus qu'un olivier immense qui prenait toute la place.

— Ou alors, Madalena, c'est peut-être des gens de guerre...

— Des soldats qui surveillent les deux côtés de la montagne.

Là, il faut bien le dire, elle fut impressionnée. Elle nous regardait, ne sachant plus que répondre. Puis levant les yeux au ciel :

— Mais quand est-ce que vous en aurez assez... Quand donc allez-vous finir de dire n'importe quoi ?

Ses mains nerveuses s'agitaient sur la table de la cuisine, son alliance trop large roulait autour de son doigt maigre.

— Mamma, si seulement on pouvait arriver jusque là-haut, on saurait tout alors.

— C'est la seule chose à faire, j'avais dit.

— Et alors on verrait bien comment ils ont pu faire.

— Est-ce qu'il y a un chemin ?

— Il y a toujours un chemin, et il n'y en a pas.

Elle disait n'importe quoi, maintenant, on voyait bien, elle pensait à autre chose.

— Mais personne n'arriverait jusque-là, pensez un peu ! dit-elle rêveuse. Avec toutes ces collines... C'est qu'après ce versant qui monte, il y a celui qui descend de l'autre côté, et de nouveau celui qui monte, et ainsi toujours sans arrêt. Sans compter le torrent qu'il faut traverser.

— Parce qu'il y a un torrent ?

— C'est qu'au fond de toutes les vallées il y a toujours un torrent.

On était là debout devant elle, on arrivait tout juste à hauteur de la table de marbre blanc sur laquelle les doigts de Madalena semblaient agacés de ne pas être occupés à quelque chose.

— Mais est-ce que vous savez si quelqu'un y est monté une fois ?

— Je vous l'ai dit, c'est impossible. Mettez-vous ça dans la tête une fois pour toutes.

— Mais alors le moine, Mamma ?

Elle haussa les épaules, soupira.

— Est-ce que je peux savoir, moi ?

Et un jour, s'adressant à moi, seulement à moi, elle avait dit sur un ton nouveau pour nous, presque brutalement :

— Mais pourquoi est-ce que tu ne demandes pas ça à ton père, instruit de tout comme il est, je suis sûre qu'il doit savoir, lui...

Elle continuait à m'interroger du regard et j'allais peut-être lui répondre que je n'osais pas ou quelque chose comme ça, mais Francesco la tirait par la manche.

— Je voudrais comprendre, Mamma.

— Mais il n'y a rien à comprendre. A comprendre, non, ce n'est pas le mot.

— Et de là-haut, qu'est-ce qu'on voit derrière la montagne ?

— C'est peut-être un précipice ?

— Ou bien alors c'est la mer.

Mais Madalena n'avait pas l'air d'écouter.

— La mer, Mamma, et si c'était la mer ?

— Je n'ai pas les moyens de vous répondre, moi, je n'ai rien vu.

Quand on quitte la grande route, on trouve un chemin blanc, tout étroit, deux charrettes n'y passeraient pas de front. Un jour, elle l'avait pris accompagnée par une religieuse, elle avait douze ans. Le portier du couvent conduisait la charrette. Quand elle avait vu les tessons de bouteille briller au soleil tout en haut des murs du domaine, elle avait eu peur, Madalena. Elle ignorait alors que de ce domaine elle ne sortirait plus jamais. C'est ici qu'elle avait connu Josefino, qu'elle l'avait épousé, c'est ici qu'était né Francesco.

— Et comme ça je ne connais rien d'autre.

Elle nous disait que quand elle était jeune elle aussi, elle avait toujours eu envie d'aller voir là-haut si l'autre côté était pareil à celui-ci ou bien si, à perte de vue, c'était rien, comme certains lui avaient dit. Le désert en somme, où rien ne pousse, seulement quelques agaves. Pas un arbre. Aucune maison, des pierres et des pierres, et des moines qui errent au milieu des pierres... A ce qu'on lui avait raconté, du moins, répétait-elle, parce qu'elle, elle toute seule, où aurait-elle bien pu trouver le temps et les moyens de s'aventurer par là-bas derrière la montagne, n'ayant fait que travailler depuis l'âge de douze ans. Et même plus jeune encore si l'on pensait que les religieuses lui trouvaient toujours quelque tâche, et toujours de plus en plus dure, bien souvent au-dessus de ses forces.

Elle avait dit tout ça avec une espèce de rage, en continuant d'agiter sur la table ses mains noueuses. Et nous deux, dès qu'il arrivait à Madalena de parler du temps lointain où elle était petite, c'était toujours comme si on tirait un rideau noir brutalement devant nous, et sur ce fond noir apparaissait une toute petite fille au long tablier gris en train de soulever un meuble ou une grosse bûche, de déplacer quelque chose de trop lourd pour elle.

Elle se tranquillisa, quitta son visage triste. Elle fit mine de se moquer et d'elle et de nous, nous regardant tour à tour mais elle avait la tête ailleurs, on voyait bien.

— Et puis le désir de savoir m'a quittée, murmura-t-elle.

Ses yeux noirs ardents étaient fixés sur la porte d'entrée de la cuisine, sur l'olivier de la cour.

— Qui sait ce qu'elles ont pu devenir, les petites qui étaient au couvent avec moi ? Et est-ce que je les reconnaîtrais seulement si je les revoyais...

Soudain ses yeux se sont mis à briller plus fort, comme si une lumière avait jailli en elle.

— Seul un oiseau... dit-elle très vite. Oui, l'oiseau... qui de temps en temps aurait fait tomber des graines...

Mais elle n'était pas contente de cette explication, ça se voyait, elle l'avait commencée ne sachant pas où ça la mènerait.

C'est sans y penser réellement, presque machinalement que j'avais demandé :

— Est-ce que vous irez un jour, Madalena ?

— Que diable irais-je faire là-haut, dit-elle en riant... Tu le crois vraiment ?

— Avec nous, Mamma, dit Francesco dans un élan. Avec nous deux.

— Il ne manquerait plus que ça.

Et de nouveau elle avait ri.

— Est-ce que vous pensez à mes mauvaises jambes ?

— Quand on sera grands, Madalena.

— Les années n'arrangent rien, et pour moi maintenant c'est déjà trop tard.

Alors j'avais osé lui demander :

— Et Josefino, lui, est-ce qu'il est monté une fois ?

Elle m'avait regardée longuement, puis elle avait baissé la tête.

— Josefino, fit-elle seulement.

Avec une soudaine tendresse dans la voix.

D'ordinaire dans la cuisine, Madalena allait et venait, si elle finissait par s'asseoir, c'était toujours pour faire quelque chose, égrener des haricots, pétrir la pâte ou bien raccommoder. Mais quand on était là, tous les trois, Madalena sans rien faire et nous deux suspendus à ses lèvres, on était bien. Les saisons, les jours et les mois passaient tous pareils. Et toujours pareil, ce que nous disions. Il y avait parfois un reflet blanc-noir dans les yeux de Madalena qui donnait à son visage un aspect très jeune. Il y avait le battement de la pendule sur l'étagère. Et dans l'ombre de plus en plus épaisse, nous trois comme des ombres.

Un soir, je me souviens, la nuit tomba plus vite, Madalena avait soupiré en fermant les yeux :

— C'est l'arbre des morts.

Pendant qu'il m'apprenait le nom des étoiles qui tremblaient dans la nuit, assis tous les deux côte à côte dans l'obscurité sur la première marche du perron, je faisais indéfiniment glisser entre mes doigts les pierres encore chaudes sous la lune, les champs étaient tout noirs autour de nous, nos regards se tendaient ensemble vers le bleu sombre du ciel d'où parfois tombaient en pluie les étoiles filantes.

La maison surgit et s'évanouit à peine entrevue, sortie de rien et retournant à rien, mais toujours présente comme dans ces expériences où l'objet n'est plus là alors que reste son image.

Dans l'encadrement du soleil qui porte toujours plus avant sa violence forcenée, elle traîne son corps squelettique, réduit à rien et pourtant lourd, elle avance, les pieds en sang, avec l'espoir qu'elle sait absurde d'arriver jusqu'au bout, et tout aussi absurde son angoisse d'y être déjà, elle avance vers la maison de nouveau là devant elle, tout au bout de la plaine grise et uniforme mais l'ocre des murs se fond dans le vide d'un ciel sans mémoire.

Elle se laisse tomber, épuisée, au bord du chemin.

L'homme avait ralenti le pas, il revint vers elle, un moment la regarda puis il s'éloigna de sa démarche lente et régulière.

Elle peut se dire que c'est là, que le moment est arrivé.

Je m'appelle Anna Livia.

Si je parle maintenant, il n'y aura plus personne ni sur la terre ni dans le ciel qui pourra m'entendre.

Entre deux battements du temps, le hasard avait tissé leur histoire, une histoire toute simple, l'amour qui scande les pulsations de la terre les avait accordés l'un à l'autre un instant très court, l'instant fugitif que vivent les étoiles qui meurent en s'allumant.

Et Josefino allait raconter sans se lasser, voulant à toutes forces faire comprendre ce qu'il ne comprenait pas lui-même, tournant en rond dans la même histoire, et répétant qu'il ne savait rien parce qu'il y avait quelque chose de mort dans sa mémoire.

Ce n'est pas seulement dans ses paroles ni dans son regard innocent et vide qu'il y a du désespoir mais dans le ton monotone sur lequel il s'acharne à redire ce malheur comme si son histoire devait durer, comme si s'était installée à jamais l'horreur dans la maison dont les murs allaient se renvoyer à l'infini l'écho de la pitié et de la terreur qui les avaient étreints ce matin-là.

Et encore une fois il raconte comment il l'avait trouvé, ce n'est plus à la femme qu'il s'adresse mais à lui-même, à la maison, aux objets. Jour et nuit, il le revoit, il le reverra toujours ainsi, avec ses bras le long du corps qui dépassaient de manches trop courtes, ses pieds nus qui sortaient de pantalons trop courts. Il faisait sombre, et le corps était pendu si haut, à la poutre maîtresse, de sa tête on ne pouvait presque rien voir sinon qu'elle reposait sur l'épaule gauche et qu'elle était un peu jetée en avant.

Il avait essayé de lever la lampe le plus haut qu'il pouvait, la tenant à bout de bras pour tenter de la mettre à la hauteur du visage mais elle se balançait et faisait se balancer le corps et l'ombre projetée sur le mur derrière lui, si bien qu'il finissait par ressembler à un immense épouvantail.

Madalena continuait à gémir et à prier, dans la douleur et les supplications, les deux mains ouvertes en un geste de foi ardente Seigneur, ayez pitié, Seigneur !... Comme si par sa seule prière et par ses larmes, elle pouvait encore lui rendre la vie. Mais quand le jour s'est levé, Madalena s'est tue tout à coup comme si elle avait été frappée par la foudre.

— Et elle ?

Ils étaient restés là longtemps, ne sachant pas ce qu'ils attendaient, si eux-mêmes étaient encore vivants ou déjà morts. Mais cela avait surgi dans le petit jour, cela non vu jusque-là, inconcevable.

Et l'aube qui l'avait éclairé lentement avait rendu la chose plus effrayante encore. Parce qu'il n'y avait pas de doute alors, ils n'étaient plus dans le sommeil. C'était là.

Non, il n'avait pas pensé à couper la corde tout de suite. Et y aurait-il pensé, il n'en aurait pas eu la force. Fasciné et à la fois paralysé, comme s'il s'était penché sur le puits. Il ne pouvait s'arrêter de trembler. Et le reste surtout, il fallait le comprendre, le faisait trembler, claquer des dents. Dans le même temps qu'il sentait le sol bouger sous ses pieds.

— Alors je ne sais pas où j'ai trouvé la force...

— Mais elle... Elle, qu'a-t-elle fait ?

— C'est qu'il n'y avait personne pour m'aider. Madalena avait fait glisser la table en dessous. Mais le nœud était trop serré. Et mes mains qui ne s'arrêtaient pas.

— Oui, bien sûr. Mais elle, dites, elle alors ?

Et il y avait le silence autour et partout. Celui que fait la peur. Il y avait le temps. Il passait vite, comme se bousculant, et puis il passait lentement, et même il ne passait pas du tout, immobile soudain, comme en suspens.

— Et elle, je vous parle d'elle, reprend

la femme avec véhémence, répondez-moi donc.

C'est presque un ordre.

— Anna Livia... J'ai regardé Anna Livia quand l'aube s'est levée, j'ai vu enfin ses yeux.

Il n'y avait pas de peur dans ses yeux, pas de souffrance non plus. C'est alors qu'il avait su que non seulement elle ne se réveillerait jamais, jusqu'à la fin de ses jours il lui faudrait vivre avec cela, le souvenir de cette nuit-là, mais qu'il n'y avait personne, qu'il n'y avait rien non plus ni ici ni ailleurs qui pourrait lui venir en aide. Elle était allée trop loin dans le malheur, jusqu'à ce point extrême où le désespoir et l'indifférence, c'est tout un, sur le chemin qui mène à la paix. Celle de la pierre et qui rend pareil à la pierre. Quand rien ni personne ne peut plus vous atteindre.

Anna Livia, qui de petite fille qu'elle était encore était brusquement devenue, au sortir de cette nuit, presque une vieille femme. Anna Livia s'était détachée de la vie, morte comme la feuille tombée de l'arbre.

Dans la demi-obscurité de l'aube.

Longtemps après il m'arrivait parfois de penser que peut-être Francesco les avait atteints, les cyprès, quand, fermant les volets sur la nuit, il y avait entre le noir profond de la montagne et celui aussi profond du ciel comme un halo d'un bleu très pâle.

Francesco, on regardait tous les deux, Francesco.

On parlait d'eux tout le temps, et puis ça a commencé un jour que, sans s'être rien dit, on n'a plus compté, on n'en a plus parlé non plus. Ni entre nous, ni avec Madalena.

On regardait seulement. Sans jamais se lasser.

Au milieu du silence, les yeux aveuglés par l'attention. Pour un peu on aurait pu entendre leur bruissement à travers le vent léger. Et quelque chose passait, comme de la tendresse, dans le tremblement des choses autour de nous. Quand je me tournais vers toi, les yeux striés de noir et de vert sous le petit chapeau de paille qui ne te quittait jamais me renvoyaient encore l'image des cyprès d'en face qui s'étaient rétrécis.

J'aurais voulu te dire... Mais aurais-je trouvé les mots alors ?

— Que faisiez-vous donc là-bas ?

— On regardait seulement.

— On regardait.

Les cyprès, la seule chose peut-être dont elle pourrait certifier que c'était vrai.

Mais le corps garde longtemps la mémoire de cette violence tendre qui un jour fit éclater le noyau secret de la solitude aussi clos sur lui-même que le cœur de la pierre dans la pierre.

Devant cet homme qui est son père, elle commence à enlever ses vêtements sans crainte, au-delà de toute honte, comme si la chose allait de soi, n'y mettant pas plus de hâte ou de lenteur, pas plus de complaisance qu'une petite fille qui se déshabille le soir avant d'aller dormir.

Mais il est déjà au-delà de l'étonnement et du désespoir. Il n'a pas détourné les yeux, il les a gardés démesurément ouverts, perdus d'indifférence, quand sa fille s'est trouvée nue devant lui dans la pénombre.

Et Anna Livia, si réservée, pourtant, si secrète, n'a pas hésité à découvrir ce qu'il y a de plus fragile en elle, de plus protégé, comme l'enfant simple d'esprit, inconscient du danger, qui, prenant part à un jeu dont il ignore toutes les règles, *se découvre* d'emblée, dès le début, avec une naïveté si grande qu'elle en est poignante. Mais elle est désormais dans cet état d'aveuglement calme et résolu que provoque la passion, peut-être n'a-t-elle rien trouvé d'autre à faire que de se jeter à corps perdu dans ce danger qui la terrifie et la fascine tout ensemble. Elle regarde son père, immobile.

A cette attente, à ce silence suspendu entre eux, c'est elle qui va mettre fin. L'élan qu'elle a en se jetant sur lui est fait cette fois bien plus de rage que de tendresse. Solitaire, désarmée, elle s'agrippe de toutes ses forces au corps de son père qu'elle retient étroitement dans ses bras, le même battement va de son cœur au sien. Son père, il est tout ce qu'elle sait et tout ce qu'elle possède, dans l'insondable nostalgie jamais apaisée du temps d'avant, de ce temps mystérieux, enfoui au plus profond, où elle vivait en quelqu'un d'autre, le temps de l'unité maintenant perdue.

Ce n'est encore qu'un frémissement, à peine, mais qui va la gagner tout entière, devenir impérieux, la submerger, c'est une impatience violente à combler une absence essentielle, à apaiser le corps qui a mal en dedans au-dehors, elle ne sait pas, c'est tout le corps qui exige autre chose, le sang déjà scandant quelle douleur ou quel plaisir sans nom — le corps, lui, sait ce qu'elle ne sait pas encore — et elle est impuissante maintenant, incapable de contenir en elle cette force irrésistible, hostile, on ne peut retenir la balle lancée sur une pente, on n'arrête pas la vague déchaînée.

Et maintenant, elle refuse de voir, elle ne veut pas savoir, elle est allée si loin dans la peur et la fascination de toucher le fond même de sa peur, dans cet état second qui est le sien, dans ce rêve éveillé, non, elle ne veut pas savoir que l'obstacle contre lequel se brise son désir immobile — à la fois salut et péril —, c'est son père, alors même que le plus terrible ne l'a pas réellement saisie peut-être, ne l'a pas encore frappée.

Mais tout bascule, elle a atteint l'extrême limite de l'impulsion d'amour à laquelle elle ne pourrait donner un nom, de ce désir absurde dont elle n'a jamais connu ni même soupçonné la violence, fait d'espoir et de désespoir, elle est soudain à la recherche forcenée de quelle réconciliation, de quel accord qui est tout à la fois volonté de vivre et volonté de mourir.

C'est elle — avant même d'avoir eu le temps de comprendre, avant même de l'avoir voulu — elle, sans expérience, novice il y a un moment encore et que la fatalité vient de transformer d'un seul coup en femme, c'est elle qui, douce et obstinée, va le forcer à l'abandon, comme habituée aux gestes de l'amour depuis toujours.

Un rêve peut-être, le rêve de ce qui jamais n'avait pu être, un amour si souvent rêvé qu'il devient plus réel que s'il avait été vécu.

Mais le corps garde fidèlement la mémoire de cette première blessure, et aussi de cette première plénitude où l'on a touché et le monde et le temps.

C'était l'heure où, là-bas, les martinets commencent leurs rondes folles, ils tournent sans fin avec frénésie autour de la maison dans un tumulte de piaillements affolés et heureux, tout le ciel est plein de battements d'ailes.

— Tu pourras entendre le silence que fait le silence, et la rumeur obscure, intime de la terre.

Il n'y a plus aucune image maintenant pour retenir le regard, plus rien dans la mémoire devenue pareille à une soie artificielle sur laquelle la couleur glisse sans s'attacher. La voix lointaine n'est plus qu'une plainte et comme l'écho du commencement.

Allongée sur le dos, elle fait un mouvement mais une force la tient clouée au sol, elle ouvre sa main pleine de sable, et la peur soudain tombe.

Le ciel s'est mis à osciller, elle a vu la nuit arriver sur elle, en plein milieu du jour.

Ce fut un peu comme un hoquet, un sanglot.

Ils étaient venus de partout, embusqués dans l'ombre de l'horizon qui avait paru déserté, ils avaient foncé tous ensemble en cercles noirs.

Le lendemain à l'aube il ne restait plus rien d'un bord à l'autre du ciel.

Seul le silence répondait au silence. Comme si rien ne s'était passé.

Mais s'était-il passé quelque chose ?

Le printemps était là. La pluie qui était tombée toute la nuit, apportée par le vent du Sud, et qui avait fait dire à Josefino :

— A cette époque, Seigneur, le monde n'est plus ce qu'il a été une fois,

avait lavé la campagne, si paisiblement lisse au matin, si brillante, toute neuve, et donné plus de force au soleil.

La cloche des Franciscains à l'aube avait tinté, à peine, comme si elle s'était arrêtée en chemin.

Plus entêtante encore était l'odeur des acacias.

DU MÊME AUTEUR

PLEIN SOLEIL, *roman.* Le Seuil, le Livre de poche et « Points Roman ».

LA FIERA, *roman.* Le Seuil, le Livre de poche et « Points Roman ».

CORVARA, *théâtre* (pièce représentée à Paris au Théâtre de l'Œuvre). Le Seuil.

UN PAS D'HOMME, *roman.* Le Seuil, « Folio » et « Points Roman ».

LE PREMIER REGARD, *récit.* Le Seuil et le Livre de poche.

LES YEUX FERMÉS, *roman.* Le Seuil, le Livre de poche et « Points Roman ».

C'ÉTAIT CELA NOTRE AMOUR, *roman.* Le Seuil, « Folio » et « Points Roman ».

JE M'APPELLE ANNA LIVIA, *roman.* Grasset, le Livre de poche (épuisé) et « Folio ».

LA RENFERMÉE, LA CORSE, *photographies de Chris Marker.* Le Seuil.

Impression Bussière à Saint-Amand (Cher),
le 20 février 1986.
Dépôt légal : février 1986.
Numéro d'imprimeur : 209.
ISBN 2-07-037737-7./Imprimé en France.

37090